괜찮아, 그게 과정이야

괜찮아, 그게 과정이야

안광민 지음

시간
여행

자신의 삶을 조금 더 너그럽게 바라보고, 균형을 되찾기 위한 구체적 실마리를 발견하게 될 것이다

오랜 시간 교육의 현장에 몸담아 오면서, 나는 수많은 책과 사람을 만나 왔다. 그러나 '사람이 변화하는 과정'에 대해 이토록 깊고도 실제적인 시선을 담아낸 책은 흔하지 않다. 『괜찮아, 그게 과정이야』는 단순한 성찰의 기록을 넘어, 사람이 삶을 어떻게 바라보고, 어떻게 균형을 회복하며, 어떻게 다른 이들의 성장까지 이끌어낼 수 있는지를 보여주는 드문 작품이다.

저자 안광민 교수와 나는 대학원 석사 시절부터 함께 공부해 온 사이다. 배움에 대한 그의 태도는 늘 한결같았다. 그는 어떤 지식을 습득하더라도 그것을 곧바로 삶의 현장에 적용해보고, 자기 나름의 언어로 소화해낸 뒤 다시 다른 사람을 비추는 거울로 삼는다. 나는 이 책을 읽으며, 그가 지난 수십 년간 다져온 삶의 기반이 고스란히 문장 속에서 숨 쉬고 있음을 확인했다.

이 책에서 저자가 말하는 '균형'은 단순한 심리적 조언이 아니다. 벗어남을 인정하고, 그 이유를 들여다보며, 다시 중심으로 돌아오는 과정 자체가 삶의 본질이라는 그의 관점은 교육의 현장에서도 그대로 적용된다.

성장하는 학생들은 언제나 흔들리기 마련이다. 중요한 것은 흔들리지 않는 것이 아니라, 흔들릴 때 제자리로 돌아오는 법을 배우는 일이다. 나는 수많은 청소년을 지도하며 이 사실을 절감해 왔고, 이 책은 그 과정을 누구보다 깊이 있게 설명하고 있다.

또한, 저자는 관계의 어려움, 선택의 망설임, 감정의 파도처럼 누구에게나 찾아오는 삶의 질문들을 피하지 않는다. 그는 독자에게 해답을 강요하지 않고, 대신 스스로 생각할 수 있는 공간을 열어준다. 교육자에게 가장 중요한 태도가 바로 이것이라고 나는 믿는다. '가르친다'는 것은 답을 주는 일이 아니라, 스스로 길을 찾을 수 있는 힘을 키워주는 일이기 때문이다.

『괜찮아, 그게 과정이야』는 흔들림을 부정하지 않고, 삶의 굴곡을 성장의 구성 요소로 바라보는 새로운 관점을 제시한다. 이 책을 읽는 독자라면 누구나 자신의 삶을 조금 더 너그럽게 바라보고, 균형을 되찾기 위한 구체적 실마리를 발견하게 될 것이다.

오랜 세월 함께 공부해 온 동료로서, 그리고 미래 세대를 길러내는 교육자로서, 나는 이 책의 가치를 믿는다. 흔들리고 성장하는 모든 사람에게 이 책을 자신 있게 추천한다.

서울 광문고등학교 이사장

김학민 박사

자기 안의 흔들림을 새롭게 이해하고, 삶의 속도와 방향을 다시 조정하는 힘을 얻게 될 것이다

나는 지난 수년 동안 저자 안광민 교수를 가까이에서 지켜보며, 한 인간이 어떻게 성찰을 통해 성장하고, 또 그 성찰을 어떻게 타인의 치유로 확장할 수 있는지를 눈앞에서 확인해 왔다. 매주 강의실에서 마주하는 그는 단지 지식을 전달하는 사람이 아니라, 오히려 스스로를 끊임없이 다듬어가는 과정 자체로 학생들에게 배움의 본질을 보여주는 사람이다.

'괜찮아, 그게 과정이야'는 그런 그의 삶의 태도가 온전히 녹아 있는 책이다. 이 책에서 저자가 반복해서 강조하는 '균형'이라는 주제는 단순한 기술적 개념이 아니라, 인간의 내면이 회복력을 되찾는 과정에 대한 깊은 통찰이다. 균형이란 완벽한 가운데서 발견되는 것이 아니라, "벗어남을 알아차리는 순간"에서 시작된다는 그의 시선은 산림치유학에서 다루는 '회복탄력성' 개념과도 맞닿아 있다.

책 속 곳곳에는 자연과 인간을 바라보는 저자의 독특한 관점이 살아 있다. 굽은 나무가 더 깊은 생명력을 품듯('굽은 나무가 선산을 지킨다'), 인간관계 역시 상처와 굴곡을 품어낼 때 더 단단해진다는 메시지는 내가 산림치유 강의를 하며 수없이 느껴온 진리와 맞아떨어진다.

또한 '기립박수의 특별함'처럼, 기다림과 여백의 미학을 통해 관계의 본질을 설명하는 그의 방식은 탁월한 해석력이자 깊은 인간 이해에서 비롯된 것이다. 준비되지 않은 상대에게 너무 먼저 다가가면 감동이 사라진다

는 그의 말은, 자연의 리듬과 인간의 심리가 얼마나 닮아 있는지를 다시
한 번 깨닫게 한다.

안광민 교수는 법학과 치유학, 그리고 삶의 경험을 모두 아우르는 폭넓
은 시야를 가진 드문 사상가다. 이 책은 단지 '위로'나 '조언'의 책이 아니
다. 자연과 인간, 내면과 사회, 관계와 구조를 유기적으로 엮어내는 통합적
사유의 산물이다. 독자는 이 책을 통해 자기 안의 흔들림을 새롭게 이해하
고, 삶의 속도와 방향을 다시 조정하는 힘을 얻게 될 것이다.

나는 기꺼이 이 책을 추천한다. 그리고 독자 여러분이 이 책을 읽으며 자
기 안의 균형을 회복하고, 다시 자기 자리로 돌아오는 힘을 발견하길 진심
으로 바란다.

오이코스대학교 부총장

정승록

억지로 중심을 붙드는 것이 아니라, 기울어짐을 알아차리는 것

기업 경영과 언론 현장에서 수십 년을 보낸 내게, 사람과 조직이 흔들리는 순간은 언제나 하나의 공통점을 갖고 있었다. '균형을 잃었을 때'라는 점이다. 그래서 처음 이 책을 읽었을 때, 나는 저자가 말하는 균형의 정의 "억지로 중심을 붙드는 것이 아니라, 기울어짐을 알아차리는 것"이 얼마나 정확한 표현인지 깊이 공감할 수 있었다.

저자 안광민은 단순히 철학적 개념을 설명하지 않는다.

그는 삶의 현장에서 길어 올린 생생한 사례들, 인간관계에서의 갈등, 소비의 심리, 구조와 권력이 마음에 미치는 영향, 그리고 우리가 일상에서 반복하는 선택의 패턴을 깊고 명료하게 풀어낸다. 기자의 눈으로 읽어보면, 그의 글은 불필요한 수사를 배제하고 핵심만을 정확히 겨냥하는 힘이 있다. 그리고 경영자의 눈으로 읽으면, 그의 메시지는 개인의 문제를 넘어 조직과 사회가 겪는 구조적 불균형에 대한 통찰로 확장된다.

특히 '규정이 우리를 옭아맨다'는 글에서 저자가 지적한 완벽주의의 덫은 수많은 직장인과 리더들이 빠지는 함정이다. 100%를 향해 달리느라 정작 중요한 목적을 잃어버리는 조직들의 현실이 생생하게 떠올랐다.

또한, '선택의 기준', '요즘 약으로 산다', '기립박수의 법칙' 등은 인간의 심리가 어떻게 결정과 행동을 이끄는지를 명확하게 밝혀준다. 기업 경영을 하다 보면 숫자보다 사람의 마음이 조직을 움직이는 동력이라는 사실을 매일 실감하게 되는데, 이 책은 그 마음의 구조를 놀라울 만큼 정확히 포착하고 있다.

저자의 글에는 삶을 대하는 정직함이 있다.

감정에 휘둘리지 않으면서도 인간의 복잡함을 따뜻하게 끌어안는 시선이 있다. 그래서 이 책은 위로가 필요한 사람뿐 아니라, 리더십을 고민하는 사람, 조직을 이끄는 사람, 그리고 스스로의 삶을 조정하고자 하는 모든 이에게 꼭 필요한 지침서가 될 것이라 확신한다.

기자 생활과 기업 경영 경험을 오랜 시간 해온 사람으로서, 나는 이 책의 가치를 자신 있게 말할 수 있다. 『괜찮아, 그게 과정이야』는 단지 문장으로 읽히는 것이 아니라, 삶으로 체감되는 책이다.

읽고 나면, 독자는 자기 안에서 벌어지는 수많은 선택과 흔들림을 새로운 관점에서 바라보게 될 것이다.

광동제약 부사장·언론인·기업인

박상영 박사

알아차림에서 시작되는 균형

우리는 흔히 '균형을 잡는다'라고 말한다. 하지만 균형은 중심을 붙드는 일이 아니다. 벗어났다는 사실을 알아차리는 일이다.

친구와 이야기를 나누며 걷다가 어깨가 살짝 부딪히며 인도에서 차도로 한 발 밀려날 때가 있다. 그 순간 대부분의 사람은 본능적으로 다시 인도로 올라온다. 누가 부른 것도 아니고, 미리 생각한 것도 아닌데 몸이 스스로 원래의 자리로 돌아오는 것이다. 이것이 바로 사람 안에 있는 회복의 힘, 다시 자신에게로 돌아가려는 내면의 복원력이다. 그 힘은 누구에게나 있다. 다만 자신이 벗어나 있다는 것을 인식하지 못할 때만 그 복원력이 작동하지 않을 뿐이다.

그래서 균형의 시작은 '억지로 중심을 잡는 노력'이 아니라, '지금 내가 어느 쪽으로 기울고 있는지를 알아차리는 순간'이다. 그 자각이 일어나는 바로 그때, 돌아오려는 힘이 깨어난다.

나는 오랜 시간 법과 현실 속에서 사람들의 문제를 다뤄왔다. 누군가는 너무 앞서가고, 또 누군가는 너무 멀리 물러서 있었다. 삶의 많은 문제는 잘못된 선택에서가 아니라, 벗어나 있다는 사실을 모른 채 계속 나아가서 생긴다.

이 책은 그 알아차림의 감각을 되찾는 이야기다. 누군가의 답을 따라가기보다, 스스로 기울기를 감지하고 제자리를 찾아가는 힘. 그 힘이 바로 균형이다. 균형은 완벽한 상태가 아니라, 벗어남을 감지하고 다시 자신답게 서는 과정이다. 그리고 그 감각은 누구에게나 이미 있다. 단지, 너무 오래 잊고 살았을 뿐이다.

2025년 12월 3일
탈고를 마치며 저자 올림

차례

1장

인생은 흔들리도록
설계되어 있다

지극히 정상적인 날

손톱 밑에 가시가 찔리면 무척 아프다. 그런데 그런 일이 생기는 경우는 무척 드물다.

얼마 전 손톱 밑에 가시 찔려본 경험에 대해 몇몇 사람과 얘기한 적이 있는데, 그곳에 있던 사람 모두가 찔려본 경험이 있었다. 거기서 약간 의아한 느낌이 있었다. 손톱 밑에 가시가 찔리는 일은 상당히 드물게 생기는 일인데, 그 경험을 모두 해봤다는 것이다.

'그렇구나… 다 경험하는구나…'라는 생각을 하다가 또 이 생각 저 생각이 꼬리를 물었다.

사람이 일생을 살면서 감기에는 몇 번이나 걸릴까?

한번 앓게 되면 일주일을 고생한다고 생각하면 감기로 고생하는 게 평생 며칠이나 될까? 운동하다가 다리를 삐어서 한두 달 고생하는 적도 있을 것이고, 유행성 눈병으로 고생하는 시간도 있을 것이다. 편두통으로 시달리고, 치아가 아파서 치료

받고, 귀에 염증이 생겨서, 종기가 나서, 손톱을 너무 짧게 잘라서 아프기도 하고, 혓바늘이 서서 음식을 먹을 때 불편하기도 하고, 피곤해서 입술이 터지기도 하고, 탈이 나서 배가 종일 아프기도 한다.

이런 신체적인 것들 말고도 친구와 싸운 날, 부모님께 혼난 날, 지각해서 선생님께 벌 받은 날, 친구와 헤어진 날, 부부싸움 한 날, 아이들을 너무 심하게 혼내주고 마음이 불편한 날, 부모님 돌아가신 날도 있다.

내용에 따라서 어떤 것은 상당히 긴 시간을 그곳에서 헤어 나오지 못할 정도로 큰 스트레스로 다가오는 일도 있다. 대부분의 사람은 이런 것을 모두 경험하며 살게 된다.

인생을 대략 30,000일 산다고 가정한다면, 10세 이전의 시간은 기억나는 것이 거의 없으니까 빼고, 또 위에 나열한 것, 또는 그와 비슷한 일이 차지하는 날을 빼면 최상의 컨디션을 유지하는 날은 며칠이나 될까? 몸도 마음도 주변 상황도 best인 날은 과연 얼마나 될까?

거의 없는 것 같다. 늘 그것으로 인해 불편했고, 힘들어도 했지만, 그것 자체가 인생인가? 보다. 그러한 뭔가의 사연이 있는 날들이 '지극히 정상적인 날'이었다.

오늘 열린 이 하루가 어떤 사연으로 내게 다가오더라도 그것

이 지극히 정상적인 내 인생의 한 부분이라고 받아들이며 살고
싶다.

평생을 기다리는 사람

어릴 땐 어른이 되고 싶었다.

군대에선 제대를 기다렸고, 취직 후엔 퇴근을 기다렸다.

기다리고, 또 기다렸다.

매 순간, 다음을 향해 달려가듯 지금은 늘 잠시 머무르는 곳이었다.

그런데 문득 생각한다.

이 모든 기다림의 끝에 있는 건 결국, 죽음이 아닐까? 그렇다면 우리는, 죽음을 향해 달려가며 그것조차 기다리는 걸까?

기다림 속에서 잃어버린 지금의 무게. 그 무게를 다시 느끼기 전엔 아마도 계속 기다릴 것이다. 의미도 모른 채, 끝없는 기다림을~

주사위의 의미

주사위를 던지며 6이 나오길 기대했다고 치자. 이 단순한 행동에도 다양한 감정과 생각이 깃든다.

누군가는 주사위에 6이 나오길 진심으로 소망한다. 누군가는 간절히 갈망하며 기대감을 품는다. 그런데 어떤 사람은 자신이 고민하고 있다고 착각한다.

사실은 6이 나오길 바라는 갈망을 느끼면서도, 그 감정을 고민으로 오해하고 있다. 또, 누군가는 '6이 나오지 않으면 어쩌나!'하는 걱정에 휩싸인다. 그 걱정은 현재를 벗어나 아직 일어나지 않은 결과를 두려워하게 만든다.

문득, 자신에게 묻는다.

내가 하는 고민은 무엇인가? 내가 느끼는 걱정은 어디에서 비롯된 것인가? 혹시, 나의 갈망이 고민으로 둔갑해 있는 것은 아닌가? 나의 소망이 걱정으로 덮여 있는 게 아닌가? 지금 내가 던지는 주사위의 진짜 의미는 무엇일까?

어쩌면, 답은 주사위가 굴러가고 있음을 즐기는 데 있을지도
모른다.

반려동물이 말을 한다면

만약 반려동물이 말할 수 있다면 어떨까?

"요즘 좀 지쳐 보이던데요."

"아까 통화한 사람, 기분 나쁘게 했죠?"

그렇게 말을 걸어온다면 반가울까, 아니면, 당황스러울까?

반려동물과 함께 있을 때, 사랑과 행복 그리고 편안함의 여러 감정을 느낀다. 그 편안함을 주는 여러 이유 중에는 말하지 않아도 된다는 안도감도 있을 것이다.

우리는 그 앞에서 마음을 놓는다.

말하지 않아도, 심지어 어떤 말을 해도, 비밀이 보장된다는 확신. 묻지 않고, 캐묻지 않고, 그저 곁에 있어 주는 존재.

그 편안함이야말로 사람들이 반려동물을 가까이 두려는 이유 중 하나일 것이다.

하지만 사람 사이에서는 그게 쉽지 않다.

신뢰는 말로 표현되기를 요구받고, 말한 순간부터는 그 말이 어떻게 쓰일지 불안해 한다.

결국, 인간관계에서 진짜 신뢰란, 말을 많이 하지 않아도 되는 사이에서 이루어지는 것 아닐까?

침묵이 어색하지 않고, 비밀을 말하지 않아도 의심받지 않으며, 비밀을 굳이 캐묻지도 않으며, 굳이 이유를 묻지 않아도 곁에 있어 주는 사람. 그런 관계에서 우리는 비로소 진짜 나로 숨 쉬게 된다.

신뢰는 말로서 형성되는 것이 아니다.

말하지 않아도 괜찮은 사이, 우리가 진짜로 바라는 관계 어쩌면 그런 모습일지도 모른다.

말하기 습관

입이 뇌보다 빠른 사람,

-강사. 개그맨.

뇌가 말보다 더 빠른 사람,

-정치인.

손과 펜이 뇌보다 빠른 사람,

-기자.

일반인은?

질문을 받으면 부팅을 시작한다.

그중에 아이패드처럼 빠른 부팅도 있고, 386 컴퓨터, 286 AT, XT도 있다.

삶의 다양성

7월의 끝자락. 창밖으로 들려오는 매미 소리가 우렁차다. 이 소리는 늘 그렇듯 한가롭고 편안하게 다가온다. 계절이 흐르고 있다는 걸 조용히 알려주는 소리다.

매미는 겨울에 나오지 않는다. 아무리 특별한 매미라 해도, 아무리 남다른 성질을 가졌더라도 겨울에 나와 울 수는 없다.

매미는 반드시 여름에만 나온다. 그건 선택의 문제가 아니라, 매미라는 존재가 태생적으로 지닌 넘을 수 없는 계절의 경계다.

그런 생각이 들었다. 사람도 그렇지 않을까.

세상에는 도무지 이해되지 않는 말과 행동을 하는 사람들이 있다. 무례해 보이고, 낯설고, 때로는 불편하다. 하지만 그런 모습조차도 결국은 인간이라는 울타리 안에서 벌어지는 일인지 모른다.

매미가 조금 일찍, 혹은 조금 늦게 울 수 있어도 여름이라는 계절을 벗어나 울 수 없는 것처럼, 사람도 자신에게 주어진 리듬과 조건 즉, 인간이라는 존재의 한계 안에서 각자의 방식으로 살아갈 뿐이다.

그렇다면 누군가의 행동이 아무리 낯설게 이해되지 않더라도 그 또한 사람으로서 가능한 범위 안에서의 다양성일 수 있다. 우리는 그것을 이해하려 애쓰기보다, 자연스럽게 받아들이는 시선을 가질 수도 있지 않을까.

…창밖의 매미 소리를 들으며 문득 그런 생각이 들었다.

봄꽃을 바라볼 수 있는 여유

한 송이 꽃이 피었다.

지나는 사람은 저마다의 속도로 그 앞을 지나간다.

꽃을 보며 말한다.

"참 예쁘다."

짧은 한마디지만, 그 말에는 감탄과 여유가 담겨 있다.

잠시 멈춰 서서 바라보고, 그저 그 순간을 즐긴다.

꽃의 아름다움과 자신의 마음이 조용히 화합하는 시간이다.

그런데 또 다른 누군가는, 똑같은 꽃을 보면서도 마음이 어딘가 불편한 일도 있다. 예쁘다고 느끼면서도 그 감정이 깊이 들어오지 않는다. 꽃을 보는 그 순간에도 마음은 할 일, 일정, 책임으로 가득하다.

그 사람에게 꽃은 보이지만, 그 아름다움은 닿지! 않는다.

누구나 꽃은 예쁘다고 느낀다. 하지만 그 아름다움을 온전히 느끼는 사람과, 그저 스쳐 지나가는 사람이 있다.

차이는 꽃이 아니라, 내 마음의 상태에 있다.

바로 여기서 중요한 깨달음이 생긴다.

꽃이 아름답게 피어 있어도, 내 마음에 꽃이 피어 있지 않으면 그 아름다움은 나에게 머물지 않는다.

바쁜 삶, 쫓기듯 살아가는 일상, 잠시 멈출 틈조차 없는 마음. 그런 마음으로는 아무리 눈앞에 꽃이 피어 있어도 그 아름다움을 깊이 느낄 수 없다.

꽃이 아름다운 것은, 내 마음에도 꽃이 피어 있을 때다.

그때 비로소, 꽃과 내가 서로 화답한다.

외부의 아름다움이 내 안에서 공명하며 진정한 감동이 된다.

길가의 꽃은 말없이 피지만, 그 앞에서 내 마음은 나를 말해준다.

나는 지금 꽃을 느낄 준비가 되어 있는가?

나는 지금 나의 삶을 누리고 있는가, 아니면 버티고 있는가?

선택의 기준

음식점 앞에서 줄을 서 있다.

줄이 너무 길어서 '그냥 갈까?' 하고 고민하는 순간, 뒤에 사람이 더 몰려와 줄을 서기 시작한다. 그러자 애매했던 마음이 정리된다.

"그래, 그냥 기다리자."

이 마음은 뭘까?

사람은 자신의 선택을 확인하고 정당화하려는 심리가 있다.

뒤에 줄이 더 길어지면 마치 '내 선택이 옳았다'라는 무언의 신호를 받는 것처럼 느껴진다. '이 정도로 사람들이 줄을 설 정도면 이 집은 정말 맛있겠지.'라는 생각이 합리화의 형태로 떠오른다. 또한, 포기하고 돌아가면 뭔가 내 권리를 빼앗기는 느낌이 들기도 한다.

또 다른 이유는 기회비용에 대한 계산이다.

이미 기다린 시간이 아까워서 포기하기 어렵다.

뒤에 사람들이 더 서는 걸 보며, 이미 쌓아온 시간이 더욱 가치 있어 보인다.

마지막으로, 사람은 사회적 증거에 민감하다.
다른 사람들이 우리의 행동을 따라 한다고 느껴질 때, 자신감과 확신을 얻는다. 뒤에 줄 선 사람은 나의 선택을 지지해 주는 증거처럼 보인다.

결국, 이 마음은 단순한 인내심이 아니다.
심리적 보상, 기회비용에 대한 계산, 그리고 사회적 증거가 복합적으로 작용한 결과다. 기다림이 길수록, 우리는 더더욱 그 선택이 옳기를 바라고, 또 믿게 된다.

연관 지어 생각하면 자녀 교육과 관련하여, 부모는 아이에게 무엇인가를 가르치려 하는 경황이 많다. 단지 아이 뒤에 줄을 서며 지지해 주면 족한 것을….

유난히 긴 신호등

유난히 긴 신호등이었다.

빨간불이 좀처럼 바뀌지 않았다. 그때 괜히 화가 났다. '이렇게 답답한 신호체계를 누가 만든 거야?' 마치 누군가 내 시간을 빼앗고 있다는 생각이 들었다.

그게 싫었다.

"에잇, 너 안 건너."

나는 핸들을 꺾어 우회전했다. 신호에 끌려가기 싫었다. 내가 내 길을 결정하고 싶었다.

그 순간은 후련했다.

통제받지 않는 기분, 내가 주도하는 것 같은 착각. 하지만 얼마 지나지 않아 그 길은 막혀 있었다. 좀 전의 신호는 피해 왔지만, 결국 또 다른 신호 앞에 서 있었다.

그때 조금 웃음이 났다.

이게 바로 내 모습이구나 싶었다. 누군가의 질서가 답답하다고 감정에 밀려 돌아서지만, 결국 세상 어디에도 신호 없는 길은 없다는 걸 깨달았을 때, 요즘 말로 하면 현타가 왔다.

가끔은 멈춰 있어야 하는 순간이 있다.

빨간불이 길게 느껴질수록, 조급함이 내 안에서 얼마나 쉽게 자라는지도 보인다. 그날 이후로 나는 신호 앞에서 조금 덜 급해지려고 노력한다. 멈춰 있는 동안, 급해지지 않으려는 나를 조용히 바라보는 연습을 하고 있다.

요즘 약으로 산다

"요즘 내가 약으로 산다."

많은 사람이 이런 말을 한다.

그 속에는 대개 부정적인 뉘앙스가 담겨 있다.

"요즘 내가 약에 의존해야 할 정도로 힘들게 살고 있어."

그 말은 지친 마음과 고달픈 삶을 투영한다.

하지만, 한편으론 이런 사람을 부러워하는 이도 있다.

'나는 지금 약도 없다'라고 말하는 사람이다.

병원에서 의사에게 '더 이상 쓸 수 있는 약이 없습니다.'라는
말을 들었을 경우이다.

약을 먹는 건 결코 문제 되지 않는다.

약을 먹을 수 있는 상태는 어쩌면 치유를 시작할 준비가 된
상태다.

오히려 약조차 없는 상태와 비교하면, 얼마나 다행이고 감사

한 일인가.

'요즘 내가 약으로 산다'라며 자신의 상태가 최악이라고 생각했지만, 사실은 최악이 아니고 해결책이 있는 상태였다.

약을 먹는 건 자신의 상태를 받아들이는 것이고, 그것은 곧 치유의 첫걸음이다.

인정에서 시작되는 긍정.

받아들임에서 피어나는 희망.

"약으로 산다"라는 말, 그 속에 있는 또 다른 가능성을 떠올려보자.

그것은 아픔이 아니라, 아직도 기회가 있고, 희망과 해법이 있다는 것이다.

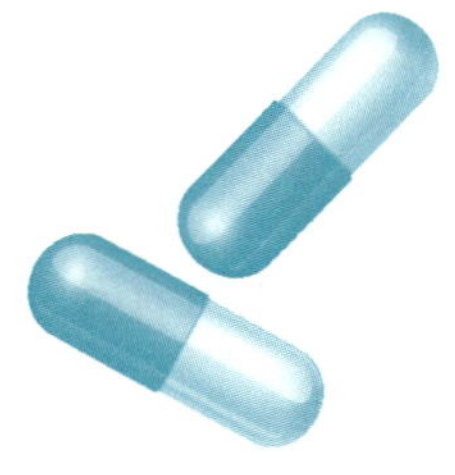

생활·일·치유의 균형

현대인은 양보다는 질.

오래 사는 것보다 살아있는 동안 건강하게 존재하는 것에 관심이 많다.

그래서 치유, 힐링 등의 단어에 초점을 맞춘다.

치유농업이 요즘 한창 관심사인데, 농사일을 어디까지, 얼마만큼 하면 치유이고 그것이 넘으면 노동일까?

내가 내린 결론.

결과물(과실)에 초점을 맞췄다면 노동.

과정에 관심이 있으면 치유.

그것은 어디까지가 취미이고, 어디까지가 일(Job) 일까?

사회계약의 본질 – 개인에서 사회로

국가는 국민에게 한 약속 위에 세워진다.

이는 철학적으로 사회계약이라는 개념으로 설명할 수 있다. 사회계약은 국민이 자신의 일부 자유를 국가에 위임하는 대신, 국가가 국민을 보호하고, 공정하고 안정적인 사회를 제공하겠다는 약속이다.

이러한 약속은 국가의 존재 가치를 정당화하며, 국민과 국가 사이의 신뢰를 유지하는 핵심이다. 그러나 역사를 돌아보면, 이 약속이 지켜지지 않을 때 국가는 결국 붕괴의 길을 걸었다.

고구려가 멸망하고 고려로, 고려가 조선으로, 조선이 대한민국으로 이어지기까지, 국가의 재편은 기득권층의 부패와 국민과 한 약속 파기가 주요한 원인 중 하나였다.

현대 대한민국도 이러한 역사적 교훈에서 자유롭지 않다.

정치인들이 권력을 유지하고 싶다면, 그 권력을 누리며 군림

하고 싶다면, 권력의 기반인 국가와 국민을 존중해야 한다. 하지만 현실은 어떠한가? 오늘날 일부 정치인들은 권력을 탐하며, 양아치 같은 행태와 사기꾼 같은 방식으로 국민을 기만하고 있다. 이러한 행태는 단순히 정치적 신뢰를 떨어뜨리는 데 그치지 않는다.

이런 상황이 지속되면, 사회계약의 기본 약속이 깨지게 된다.

국민은 정치인의 행태를 보고 배운다.

지도자들이 비양심적이고 뻔뻔한 행동을 일삼으면, 국민도 그것을 따라 하게 된다.

부패와 무책임이 만연한 사회에서는 신뢰와 정의가 설 자리를 잃는다. 그 결과, 국가라는 시스템은 내부에서부터 무너져 내리고, 사회는 혼란에 빠지게 된다.

국가가 존재하려면 국민의 신뢰가 필요하다. 정치인이 권력을 유지하려면, 국민의 마음을 잃지 않아야 한다. 국민의 마음은 기본적인 예의, 매너, 배려에서 시작된다. 정치인이 국민을 무시하고 자신의 욕망만을 채우려 한다면, 결국 국민의 신뢰를 잃고 국가의 존립 기반을 무너뜨리는 결과를 초래할 것이다. 그 순간, 사회계약은 해지되고, 국가는 또 다른 변혁과 붕괴를 맞이할 것이다.

정치인이여, 당신의 권력욕이 아무리 강하더라도, 권력을 유지하려면 국민의 신뢰를 얻어야 한다. 국민을 배려하고, 그들의 목소리에 귀 기울이고, 사회계약의 본질을 기억하라. 국가는 당신의 개인적인 야망을 위해 존재하는 것이 아니다. 국가가 무너지면 당신의 권력도 의미를 잃는다.

국민은 언제나 그 자리에 남는다.

변화하는 것은 국가의 이름과 권력을 쥔 사람들일 뿐이다. 당신이 그 변화를 원치 않는다면, 기본적인 예의와 배려, 그리고 국민을 위한 책임감을 행동으로 보여라. 이것이야 말로 당신의 권력을 유지하고, 국가를 존속시키는 유일한 길이다.

삶의 의미는 경험이다

삶을 돌아보면, 많은 사람이 스스로 돌아보기보다 외부의 요구에 따라 하루하루를 살아간다. 열심히 돈을 벌고, 자식을 위해 헌신하며 자신의 인생을 소모하는 때도 흔하다. 이런 모습들을 보면 마치 삶에 별다른 의미 없이 흘러간다는 생각이 들 때가 있다.

그러나 삶의 의미에 대해 다시 묻는 사람들도 있다. 철학자와 학자들은 삶의 목적과 본질에 대해 고민하고, 저서와 글을 통해 이를 정의하려고 노력한다.

이런 과정은 마치 하나의 큰 회의(meeting)와도 같다. 서로 다른 사람들이 자신의 의견을 내놓고, 그 의견들이 어떤 결론과 직접적으로 연관되지 않더라도 회의의 일부분으로 작용한다.

삶의 의미를 정의하려는 철학자들의 글과 이론도 마찬가지다. 그들의 주장과 도서는 삶이라는 거대한 회의에서의 '서기 역할'에 불과하다. 서기는 회의 내용을 정리하지만, 결국 그 기록은 회의의 일부일 뿐이다. 회의의 본질은 다양한 의견을 나누고 논의하는 데 있으며, 꼭 명확한 결론에 도달하지 않아도 그 자체로 의미를 지닌다.

철학도 삶의 본질을 정리하려고 하지만, 그것이 삶 그 자체를 대체하지는 못한다. 삶의 의미는 단지 철학자들이 내린 결론이나 기록이 아니라, 살아가는 과정 그 자체에 있다.

삶의 의미를 고민하다 보면, 평범한 일상과 반복적인 노동이 무의미하게 느껴질 수도 있다. 그러나 돈을 벌고, 가족을 위해 헌신하며 사는 것 또한 삶의 일부이다. 마치 회의에서 어떤 의견이 결론과 관련 없어 보이더라도 전체 논의 과정에서 하나의 역할을 하듯, 각자의 평범한 일상도 삶의 의미를 구성하는 작은 조각들이다.

철학자들이 삶의 의미를 논의하는 것이 중요한 작업이다. 그러나 그것이 삶의 전부를 대변하지는 않는다. 삶의 의미는 논리적으로 정의되기보다, 각자가 살면서 맞닥뜨리는 경험에서 만들어가는 것이다. 결국, 삶이란 정해진 결론을 향해 달려가는 여정이 아니다. 오히려 다양한 경험과 선택, 그리고 그 속에서 얻어지는 배움과 깨달음이 삶의 진정한 의미를 구성한다.

철학자들의 논의는 우리가 살아가는 동안 방향을 점검하는 데 도움을 줄 뿐, 삶의 본질을 대신할 수는 없다.

삶의 의미란 무엇인가? 어쩌면 그것은 굳이 찾아야 하는 것이 아니라, 그 자체로 사는 과정에 담겨 있을지도 모른다. 철학자들의 글과 논의는 우리가 회의 중 정리를 돕는 서기처럼, 삶을 바라보는 또 하나의 시각일 뿐이다.

삶의 의미를 찾으려 애쓰기보다 매 순간을 경험하고 느끼며 살아갈 때, 그 의미는 자연스럽게 드러날 것이다.

2장

우리를 무너뜨리는 건
균형을 잃은 마음

관점 균형

엘리베이터 문이 열리고 초등학생 한 명이 탔다. 그런데 안에 있던 반려견이 아이를 보자 갑자기 으르렁거리며 짖기 시작했다. 아이는 깜짝 놀라 몸을 움찔하며 뒤로 물러섰다. 그 순간 개 주인은 태연하게 말한다.

"괜찮아. 안 물어."

문제는 바로 이 말이다.

괜찮은지 아닌지는 개 주인이 판단할 일이 아니다. 중요한 건 상황을 겪고 있는 아이가 느끼는 감정이다. 아이가 두려움을 느꼈다면 그게 현실이다. 그런데도 많은 사람은 자신의 감정을 기준으로 타인의 감정을 대신 판단해 버린다.

이번에는 상황을 반대로 바꿔보자.

같은 엘리베이터에서 이번엔 아이가 막대기를 들고 개를 향해 장난치듯 휘두르며 다가간다고 해보자. 개는 깜짝 놀라 으르렁거리거나, 깨갱거릴 것이다.

그때 개 주인은 아이에게 소리 지른다.

"애! 뭐 하는 거니! 우리 애가 무서워 하잖아!"

그때 아이가 이렇게 말 한다고 해 보자.

"괜찮아요. 안 때릴 거예요."

이 말에 개 주인은 어떤 반응을 보일까? 이처럼 어처구니 없는 상황과 비슷한 일이 우리 실생활에서 벌어지곤 한다.

내가 느끼는 감정만 진짜라고 믿는다. 상대의 감정은 가볍게 무시하는 태도가 갈등을 만든다. 문제는 개가 아니다. 이 문제의 본질은 개에 대한 호불호가 아니다.

문제는 관점을 어디에 두느냐이다. 내가 기준이면 내가 옳고, 내가 불편하지 않으면 남도 불편하지! 않을 거라고 믿는 태도. 바로 그 일방적인 시각이 갈등을 만들어 낸다.

세상 모든 문제는 사실 '옳고 그름' 문제처럼 보이지만, 대부분은 '입장의 차이를 인정하지 않을 때' 발생한다. 사람은 누구나 자기 기준으로 세상을 본다. 하지만 균형을 잃으면 기준은 고집이 되고, 고집은 결국 타인을 다치게 한다.

나도 옳을 수 있지만 너도 이유가 있다는 것을 받아들이는 태도. 이것이 균형 잡힌 관점이고, 균형 잡힌 삶으로 가는 길이다.

언어 선택의 미묘한 차이

‘처럼’과 ‘같이’는 비슷한 의미를 갖지만, 미묘한 차이로 인해 전달하는 뉘앙스를 다르게 만든다.

- 엿가락처럼 휘어졌다는 휘어진 모습이 엿가락을 연상시키는 형태임을 묘사한다.
- 엿가락같이 휘어졌다는 휘어진 상태를 엿가락에 비유하며, 화자의 감정이나 의식이 더 강하게 드러난다.

이 차이는 문장의 초점이 어디에 있느냐에 따라 느껴진다.

- 엿처럼 휘어졌다는 휘어진 존재의 ‘모습’을 비교적 중립적으로 묘사한다.
- 엿같이 휘어졌다는 휘어진 상태를 표현하며 화자의 평가나 감정이 담길 가능성이 크다.

이를 사람의 모습에 적용하면, 뉘앙스 차이가 더 명확해진다.

• 너 눈곱이 노숙자처럼 꼈네?는 눈곱이 노숙자의 눈곱 상태를 연상시키는 모습을 묘사한 말. 여기에는 단순히 외형적 유사성을 지적하는 느낌이 강하다.

• 너 눈곱이 노숙자같이 꼈네?는 눈곱의 상태를 더 직접적으로 평가하며, 화자의 감정이 더 실려 있는 표현이다.

결론적으로 '처럼'은 비교적 중립적이고 관찰자적인 묘사를, '같이'는 화자의 감정과 의식이 더 가미된 평가적 표현을 전달한다. 이 미묘한 차이는 화자의 의도가 어디에 있는지, 청자가 어떻게 받아들일지를 결정짓는다.

우리는 대화 중에 이러한 미묘한 차이는 단어 선택에서도 화자의 마음을 헤아려 볼 수 있다.

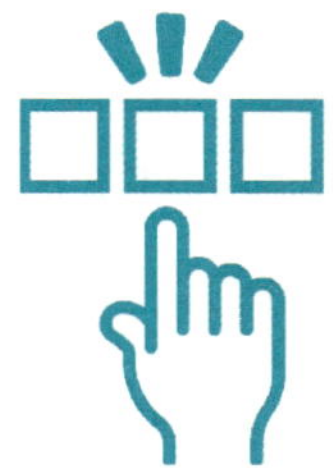

존재하는 삶 vs 보여주는 삶

나로 존재한다는 것과, 사회 속에서 적절히 존재한다는 것 사이에서 '존재하는 삶을 살아야 한다'라는 말을 우리는 흔히 한다. 그러나 이 말은 때때로 보여주는 모든 삶을 가짜 삶이나 위선으로 오해하게 만든다. 그럼, '보이는 삶'은 진정한 나의 삶이 아닌가? 나로 존재해야 한다며, 세상의 시선과 요구를 무시해도 되는가?

보여주기 위한 삶은 가짜인가?

분명, 우리는 때때로 '보여주기 위해서' 산다. 좋은 직장, 좋은 성과, 멋진 외모, 남의 인정을 위해 사는 순간이 있다. 이것은 존재하지 않고 연기만 하는 삶처럼 느껴질 수도 있다.

하지만 곰곰이 생각해 보자. 신부님이 성당에서 몸뻬 바지를 입고 미사를 집전하면 신자들은 어떻게 생각할까? 군 부대 장성이 전투 현장에서 운동복을 입고 지휘하면 어떤 일이 벌어질까? 그들의 옷은 단지 '보여주기 위한 위장'이 아니다.

그 자리에 어울리는 상징과 역할을 드러내는 표현이다.

이처럼 사회는 수많은 상징과 암묵적 약속으로 구성되어 있다. 우리가 입은 옷, 구사하는 말투, 행동 자세, 심지어 고개를 숙이는 방식까지도 '나'라는 존재가 사회에서 어떤 역할을 하는지를 표현하는 언어다.

'존재하는 삶'을 강조하다 보면, 우리는 흔히 모든 외적인 표현을 '가식'으로 간주하고, 자기 내면만을 따르는 삶이 '진짜'라고 착각하기 쉽다. 하지만 거지가 동냥할 때, 고개를 꼿꼿하게 들고 어깨를 펴고 있다면 그는 더 이상 사회가 인식하는 '도움이 필요한 사람'으로 보지 않을 것이다. 그렇다면 그는 가식적인 연기를 하고 있는 걸까?

아니다.

그는 사회의 문법과 역할에 맞는 표현 방식을 택한 것이다. 존재하는 삶이란, 내면의 진실과 사회적 표현을 균형있게 조절하는 모습이다.

인간은 사회적 존재다. 우리는 홀로 살지 않는다. 보이는 삶 즉, 타인의 시선을 고려한 삶은 우리를 구속하기도 하지만, 동시에 우리를 사회에서 이해 가능하게 만들기 위한 반듯이 필요한 요소이다.

인간은 사회적 동물이다. 보임은 단순한 꾸밈이 아니라, 상대에게 내 존재를 전달하는 방식이다. 존재하는 삶이 자기중심적 내면에만 갇힌다면 그것은 고립이다. 보이는 삶만을 좇는다면 그것은 위장이다. 우리는 이 두 삶의 긴장 사이에서 균형을 잡아야 한다.

결국, 보임과 존재, 둘 다 나의 일부다.

우리는 존재해야 한다. 그리고 존재한 만큼, 보여야 한다. 단지 보여주기 위해 존재해서는 안 되지만, 존재한다면 그에 걸맞은 방식으로 자신을 세상에 드러내야 한다. 신부는 제의를 입고, 군인은 군복을 입고, 교사는 말투를 조심하고, 시민은 사회 질서를 지키며 이 모든 '보여주는 삶'은 진정한 존재의 외적 표현이다.

진정한 삶이란, 존재의 진실과 보임의 책임이 어긋나지 않는 것이다.

소비는 또 하나의 언어이다.

사람들이 벤츠 자동차를 타고, 명품 가방을 들고, 비싼 옷을 입는 이유는 단순히 품질 때문만은 아니다. 사실 짝퉁을 사는 경우도 많다.

흥미로운 점은 짝퉁을 샀다는 사실을 전혀 밝히지 않는 것은 아니라는 것이다. 가까운 지인에게는 '이거 짝퉁이야'라고 고백하기도 한다. 그러나 대중 앞에서는 그저 당당히 걸친다.

중요한 것은 그 제품이 진품인지 아닌지가 아니라, 그 물건이 주는 계급적 언어다. 명품 소비는 종종 하나의 선언이 된다.

"나는 너희들과 같은 하층민이 아니다."

"나도 이 정도 급은 된다."

혹은 더 직접적으로, '나는 너희보다 잘 나간다.'라는 선언은 말로 하지 않아도 된다. 로고가 말해주고, 엠블럼이 대신 외쳐준다. 그렇게 소비는 사회적 인정과 서열의 언어로 기능한다.

이 과정에서 품질은 의외로 뒷전이 되기도 한다. 벤츠의 내비

게이션이나 후방 카메라는 국산차보다 불편한 경우가 많다. 명품 가방의 봉제나 내구성이 반드시 완벽한 것은 아니다.

하지만 사람들은 부족한 점을 감수한다. 왜냐하면 진짜로 사고 싶은 것은 기능적 우수성이 아니라, 상징적 지위이기 때문이다.

소비는 결국 이렇게 읽을 수 있다. 우리는 물건을 사는 것이 아니라, 자기 위치를 사고, 계급의 표식을 사는 것이다. 그것을 통해 남에게 자기 자신에게 말한다.

"나는 이 정도 위치의 사람이다."

이 사실을 인정하면 불편하다.

하지만, 이 불편함 속에서 우리는 질문한다.

"나는 무엇을 사는가? 물건인가, 아니면 지위라는 환상인가?"

소비를 들여다보는 일은 결국 자기 자신을 들여다보는 일이다. 우리가 무엇을 통해 인정받고 싶어 하는지, 그 마음을 마주할 때 비로소 소비는 단순한 거래를 넘어 자기 성찰의 장이 된다.

벤츠 타는 삶과 포기해야 할 것들

벤츠를 타기 위해 당신은 무엇을 허용하고, 무엇을 짊어져야 하는가? 주변의 부러움 섞인 시선 속에서 자신을 만족시키기 위해 당신은 과연 얼마나 많은 자신을 포기해야 하는지 깊이 고민해야 한다.

남들의 부러워하는 시선을 자신의 인생 목표로 삼겠다면, 벤츠를 타라. 그러나 그 선택은 분명한 대가를 요구한다. 시간과 자원, 그리고 때로는 당신의 진짜 자아를 희생해야 할지도 모른다.

진정으로 원하는 삶이 무엇인지, 타인의 시선이 아닌 자기 내면에서 그 답을 찾아라.

남들의 인정은 덧없고, 당신의 진정한 가치는 그들의 부러움에 있지 않다.

벤츠를 타는 것 자체는 잘못이 아니다. 그것이 당신 삶의 목표
라면 그 목표가 진정 가치 있는지 다시 한번 스스로에게 물어
보자.

색감이 주는 의미와 권위

병원에서 의사, 간호사, 간호조무사의 복장은 역할에 따라 색상이 다르다. 이는 단순히 역할을 구분하기 위한 것일까.

아니면 계급을 나누는 표시일까? 역할이 다르면서 급여 차이가 크기 때문에, 사람들은 종종 계급으로 느낀다.

가장 선호하는 선망의 대상 색은 흰색이다. 의사가 입는 흰 가운은 전문성과 권위를 상징한다.

그러나 태권도장에서는 상황이 다르다.

흰 띠는 초보자를 상징하고, 검은 띠가 목표이자 선망의 대상이다. 이곳에서 흰색은 가볍게 여긴다. 사람들이 특정 색을 선호하는 것처럼 보였지만, 사실 그들이 선호하는 것은 색 자체가 아니라 그 색이 담고 있는 의미다.

흰색이 상징하는 전문성과 순수함, 검은색이 상징하는 완성과 권위는 각각 맥락에 따라 달라지며, 색의 가치도 그에 따라 변한다.

　결국, 우리가 좋아하는 것은 단순한 색이 아니라, 그 안에 담긴 사회적 상징과 의미다. 색은 사람들의 인식과 맥락 속에서 가치를 얻는다.

규정이 우리를 옭아맨다

아주 깨끗하게 청소하려면 4시간이 걸린다고 가정하고 이를 100%라고 하자. 그런데 80%만 깨끗하게 하려면 30분이면 충분하다. 그렇다면 왜 굳이 4시간을 들여 100%를 만들어야 할까?

청소하기 전, 상태를 0%라고 하면 어제의 상태를 20%, 그제는 40%였다고 표현할 수 있다. 그런데도 우리는 잘 지내지 않았는가? 그곳에서 우리는 여전히 생활했고, 우리는 그 환경에서도 나름의 편안함을 찾았다. 이 상황은 우리의 인생에서도 자주 목격한다.

우리는 이렇게 말하곤 한다.

"나는 완벽주의자야."

"나는 시작했으면 끝을 보는 사람이야."

"나는 어떠어떠한… 사람이야."

스스로 정해놓은 규정이 우리를 옭아맨다.

'나는 이런 사람이야'라는 말은 신념처럼 보이지만, 때로는 자의식의 감옥이다. 그 감옥 안에서 우리는 자신을 몰아붙인다. 완벽을 향해, 끝을 보기 위해, 누군가의 기대를 충족하기 위해. 물론, 이런 과정에서 느끼는 만족도도 명확하게 존재한다.

하지만 그 만족의 근원이 어디서 비롯되는가? 아니면 '역시 당신은 그런 사람이구나'라는 주변인의 평가를 더 갈구하고 있는 것은 아닌가?

청소를 예로 들어보자.

너무 깔끔하게, 완벽하게 하려는 것은 '존재하는 삶'이 아닌 '보여주는 삶'으로 해석할 여지가 있다. 이는 단순한 청소 행위에 그치지 않고 삶의 태도로 확장된다.

'나는 이런 사람이야'라는 규정은 자신의 삶을 고립시키고 제한하는 결과를 초래할 수 있다. 그렇다고 해서 100%를 추구하는 것이 잘못이라는 말은 아니다. 때로는 완벽함이 필요하다. 중요한 것은 '왜 그렇게' 완벽함을 추구하는가에 대한 질문이다.

그 이유가 자신의 진정한 필요에서 비롯된 것이라면 그것은 존중받아야 한다. 그것이 단지 타인의 평가를 의식한 것이라면 잠시 멈추고 자신을 돌아볼 필요가 있다.

우리의 삶은 결국 선택의 연속이다.

청소를 4시간 할 것인지, 30분 할 것인지는 우리 각자의 선택이다. 중요한 것은 그 선택이 무엇을 위한 것인지 명확하게 인식하고 있어야 한다. 그리고 그것이 나의 행복과 조화를 이루는지를 고민하는 것이다.

균형 잡힌 삶은 완벽과 포기의 극단을 오가는 고집이 아닌, 그것을 자각하고 바라볼 수 있어야 점점 가까워질 수 있다. 청소를 80%로 끝내는 것이 더 많은 시간을 갖고, 그 시간을 다른 의미 있는 일에 사용할 수 있게 해준다. 이 균형이야말로 삶을 살아가는 데 있어, 또 다른 시각이다.

완벽하지 않은 삶에서 우리는 충분히 살아갈 수 있다. 아니, 어쩌면 그 불완전함에서 더 큰 자유와 평안을 찾는지도 모른다. 완벽함을 내려놓고 불완전한 삶의 가치를 받아들이는 것이야말로 진정한 자유와 행복을 선사할 것이다.

소통 · 의미 전달이 어긋나는 이유

사람은 살면서 터득하는 진리가 있다.

그중에서도 꼭 기억해야 할 것, 뇌리에 강렬하게 남아있는 점들을 자기 자녀에게 이야기한다.

그런데 그토록 진액인 말, 살면서 꼭 알아두어야 하는 이 말을 듣는 아이의 반응은 시큰둥하거나 알았다고 대답은 하는데, 표정은 부모의 눈에 차지 않는다.

말에도 타이밍이 있다.

듣는 사람이 듣고 싶을 때, 그 말을 해줘야 한다.

그래야 들린다. 그러나 내 아이가 그것을 듣고 싶어 할 때, 내가 없을 수도 있다. 그것을 걱정하여 듣지도 않고 있는 아이에게 밑줄 그어가며 말하는 부모가 되곤 한다.

말을 반복하면 잔소리가 되고 좋은 말, 인생 지표가 될 말도 타임머신을 탄다.

들리는 말이 무슨 뜻인지 모르고 아이는 기억 창고에 저장할 뿐이다.

시간이 지나 자신이 그것을 이해하고 소화할 상황이 마주쳤을 때 '아 그래서 그러셨구나!'하고 탄식처럼 이야기 한다.

타임머신을 타든 말든

'모든 것은 타이밍이다.'라고 사람들은 흔히 말한다. 시기에 따라 사물의 가격과 가치가 다르기 때문이다.

떠오르는 태양조차도 때에 따라 가격이 달라진다. 1월 1일 새해 첫 해돋이를 보기 위해 사람들이 지급하는 금액과, 두 번째 날, 아침 해를 보기 위한 금액은 분명 다르다. 그만큼 타이밍은 우리가 부여하는 가치에 직접적인 영향을 미친다.

인생은 타이밍이다.

지인이 좋은 조건으로 부동산을 샀다는 이야기를 들으면 우리는 종종 이렇게 반응한다.

"그런 좋은 물건 있으면 나에게도 얘기해 줘."

"나한테도 좀 알려주지."

그런데 막상 그런 기회가 다시 찾아와서 똑같이 얘기를 해주면, 이번에는 이렇게 말한다.

"생각해 볼 게."

"조금 고민해 봐야 겠어."

결국 타이밍을 잡는 것은 단순히 좋은 기회를 만나는 것이 아니다. 타이밍을 맞추기 위해서는 이미 준비가 되어 있어야 한다.

나는 지금 무엇을 준비하고 있는가?

문득, 나의 삶을 돌아보게 된다.

나는 지금 어떤 준비가 이루어진 채 세상을 만나고 있을까? 내가 기대하는 기회가 찾아왔을 때, 과연 나는 그 기회를 잡을 준비가 되어 있을까?

타이밍은 운이나 우연이 아니라, 준비와 실행이 맞물릴 때 만들어지는 것이다. 그렇다면 지금의 나는 어떤 준비를 하면서 살아가고 있는가?

목표가 마음을 흔드는 방식

어릴 적 땅따먹기 놀이를 했었다.

출발지에서 자기 돌을 세 번 손가락으로 튕겨 자신의 땅으로 돌아오면 자기 땅, 못 돌아오면 아무리 멀리 가도 꽝.

우리 인생을 여기에 얹어 생각해 보자.

인생의 항해를 각자 나간다.

대부분 큰 항해를 원한다.

근데, 그것도 시기에 맞춰야 한다.

50, 60대가 되어도 큰 항해를 그리기만 하는 경우가 대다수이다.

어떻게 자기 땅으로 돌아올 건데?

두 번의 튕김을 크게 하고 마지막 세 번째 튕김으로 조그만 자신의 땅으로 돌아올 수 있을까?

하고자 하는 이유를 명확하게 하자

초등학생일 때, 나중에 돈 많이 벌어 집에 큰 새장을 만들어야겠다고 생각한 적이 있었다.

집을 2층으로 지은 후, 바깥쪽 한쪽 벽면 전체에 유리 하우스를 2층으로 크게 만들어서, 하우스 안에 나무를 심고 새를 키운다는 계획이었다.

이 계획의 출발은 매일 아침 새소리를 듣고 싶다는 생각이었다.

나중에 알았다.

그 많은 돈을 들여 새장을 크게 만들 수도 있지만, 원하는 목적은 매일 집 앞에 한 줌의 쌀을 뿌려놓기만 해도 된다는 사실을….

새소리를 듣고 싶을 뿐인데 새를 소유하려 했었다.

굽은 나무가 선산을 지킨다

인생을 하나의 정원으로 바라본다면, 그 안에 자라는 나무들은 우리가 맺어온 인간관계를 의미한다.

우리는 살면서 수많은 사람들을 만나고, 서로 다른 생각과 가치관 속에서 충돌하고, 때로는 상처를 주고받으며 관계를 맺어 간다.

만약 불편한 상황이 생길 때마다 그 사람을 내 정원에서 뽑아 버린다면 시간이 흐른 후, 내 정원에는 단 몇 그루의 나무만 남게 될 것이다. 그리고 남은 나무들은 온전한 듯 보이지만, 깊이 있는 아름다움을 지닌 존재가 아닐 수도 있다.

우리는 절벽 위에 우뚝 선 소나무를 보며 감탄한다. 거친 비바람을 견디며 구부러지고 뒤틀리면서도 뿌리를 내린 나무는, 단순한 가로수와는 다른 독특한 아름다움을 가진다. 반면 조림지에서 고르게 자란 나무들은 균형 잡힌 모습이지만, 사람들은 그것을 보며 감탄하지 않는다. 그저 어디엔가 질서정연하게 심어져야 할 나무일 뿐, 특별한 의미를 부여하지 않는다.

인간관계도 마찬가지다. 관계를 맺는 과정에서 다툼과 상처가 생기고, 가지가 부러질 수도 있다. 그것이 곧 관계의 끝을 의미하는 것은 아니다. 가지 하나가 부러졌다고 나무를 뽑아버린다면, 결국 내 정원에는 멋진 나무가 남아 있지 않을 것이다.
서로의 결점을 감싸고, 시간이 흐르며 생긴 흔적을 함께 품어갈 때, 우리는 진정한 관계의 가치를 발견하게 된다.

마음에 들지 않는 사람을 쉽게 멀리하는 삶을 살다 보면, 결국 내 주변에는 아무도 남지 않을 것이다.
마음에 들지 않는 부분이 있음에도 불구하고 지금까지 인연을 이어온 것은, 그 사람에게 분명 나를 끌어당기는 무언가가 있기 때문이 아닐까.
어쩌면 지금은 거칠고 뒤틀려 보이는 관계일지라도 시간이 지나면 내 인생의 정원에서 가장 의미 있는 나무가 될지도 모른다.
인간관계는 단순히 잘려 나가고 뽑히는 것이 아니라, 서로의 흔적을 남기며 함께 성장하는 과정이다. 우리가 사랑하고 아끼는 사람~ 때로는 마음에 들지 않더라도 인연을 맺어온 사람~ 그들이 만들어 낸 정원이야말로 우리의 인생을 더욱 아름답게 채워준다.

내 인생 정원은 '나'라는 정원사에게 어떻게 관리되고 있을까.

적은 불이다

"그가 죽었다. 그런데 이상하게도 나는 슬프지 않았다."

누군가를 미워한 채 살면 언젠가 이런 순간을 맞이할지도 모른다. 오래된 원한, 풀리지 않는 감정, 시간이 지나도 사라지지 않는 응어리. 그리고 어느 날, 그 사람이 사라진다.

그러나 기쁨도, 해소감도 없다. 오히려 찜찜한 감정이 남는다.

이제 이 감정은 영원히 해결되지 않을 것이다.

적은 불이다.

적을 품고 사는 것은 불을 손에 쥐고 다니는 것과 같다. 상대를 태우려고 하지만, 결국 내 손부터 타들어 간다. 불을 움켜쥔 채 복수의 순간을 기다릴수록, 그 불은 더 커지고, 결국 나를 집어삼킨다.

넬슨 만델라는 27년간 감옥에 갇혀 지냈다.

그를 가둔 사람들은 인종차별주의자들이었고, 그를 철저히

짓밟으려 했다. 하지만 감옥에서 나온 그는 이렇게 말했다.

"나는 감옥을 나서며 분노와 증오를 내려놓았다. 그렇지 않았다면, 내 마음은 여전히 감옥에 갇혀 있었을 것이다."

적을 미워하는 것은 그 불 속에서 자신을 태우는 것이다. 반면, 용서는 그 불을 내려놓고 자유롭게 걸어 나오는 행위다.

인생은 수학이다.

용서(+)가 많으면 적(-)이 줄어든다. 반대로 용서가 적으면 적이 늘어난다. 내가 평생을 살면서 만날 수 있는 사람은 한정적이다.

예를 들어, 내 인생에서 10,000명의 사람을 만난다고 가정하자. 그중 5,000명은 나와 좋은 관계를 맺고, 나머지 5,000명은 나를 싫어하는 적이라고 치자. 그런데 그중 한 명과 화해한다면, 4,999 : 5,001로 바뀐다. 그리고 또 한 명을 용서하면 4,998 : 5,002로 변한다.

우리는 더하기(+)와 빼기(-)의 진실을 안다. 내 편이 늘어나면 적은 줄어들 수밖에 없다. 이것이 바로 '적과 용서의 총량 보존의 법칙'이다.

당신은 몇 명의 적을 가지고 있는가? 한번 생각해 보자. 당신이 미워하는 사람은 몇 명인가? 지난달 또는 작년에는 몇 명이

었는가? 그리고 지금의 방식을 유지한다면, 내년에는 몇 명의 적과 맞서야 할 것인가?

적을 쌓아가면 삶은 전쟁터가 된다. 그러나 용서할수록 적은 줄어든다. 내 삶을 전쟁터로 만들 것인가, 평온한 길을 걸을 것인가. 결국, 내 선택이다.

용서는 타인을 위한 것이 아니다. 용서할수록 내 편이 많아지고, 용서하지 않을수록 적이 많아진다. 결국, 용서는 내가 더 많은 사람과 좋은 관계를 맺을 수 있는 전략이다. 이것은 감정적인 결단이 아니다. 내 인생을 더 나아지게 하는 승리의 방법이다.

그러면 이제 당신은 어떤 선택을 할 것인가? 불을 꺼라, 그리고 자유로워져라.

우주의 의전

대통령이 행사장에 5분 일찍 도착했다. 그냥 행사장에 좀 이르기는 하지만 들어갈까? 아니면 5분을 기다렸다가 정시에 짠! 하고 들어갈까? 아마도 5분을 기다릴 것이다.

그렇다면 30분 일찍 도착했을 땐 어떻게 할까? 30분이라는 시간은 차 안에서 그냥 앉아 있기엔 짧지 않은 시간일 것이다. 그러면 그냥 30분 일찍 행사장에 들어갈까? 아니다. 30분을 기다렸다가 정시에 입장한다. 아무리 일찍 도착해도 언제나 약속된 시간에 들어간다.

왜 그럴까?

대통령이 입장을 하면 '대통령님이 입장하십니다.'라는 사회자의 안내 말과 함께 모든 관중이 일어나서 박수를 치기도 하고 악단에서는 그에 맞는 곡을 연주한다. 대통령을 위한 의전이 준비되어 있기에 그 시간을 맞춰주는 것이다.

5분 일찍 왔다고 해서 행사장에 일찍 입장하면 악단, 사회자,

카메라, 조명, 관중 모두가 당황스러워할 것이다.

우주에서는 '나'를 위한 의전을 늘 준비하고 있다. 부정적인 생각을 하며 생활하면 그에 맞는 의전을 우주에서 준비하는 것이다. 부정적인 생각을 하며 부정적으로 말하고 부정적으로 행동하면 부정의 결과를 우주에서는 준비하는 것이다.

그 결과 부정적인 삶을 살게 된다는 말이다. 마찬가지로 긍정적인 생각을 하면 긍정적인 말을 하게 되고 긍정적인 행동을 하게 되니까 긍정적인 결과의 의전을 우주에서는 준비하게 되는 것이다.

그렇기에, 부정적인 생각과 행동을 해 왔어도 지금부터 긍정 상태로 바꿔버리면 우주에서도 준비하고 있던 부정적 결과의 의전을 바꿔서 새로운 의전을 준비하게 되는 것이다. 반대로 긍정적으로 생각하고 행동하였다면 계속 그 길로 가야지 우주에서도 그에 맞는 준비를 할 수 있는 것이다.

오늘 나는 우주에 나를 위해서 어떤 의전을 준비하라고 지시하는 삶을 살 것인가?

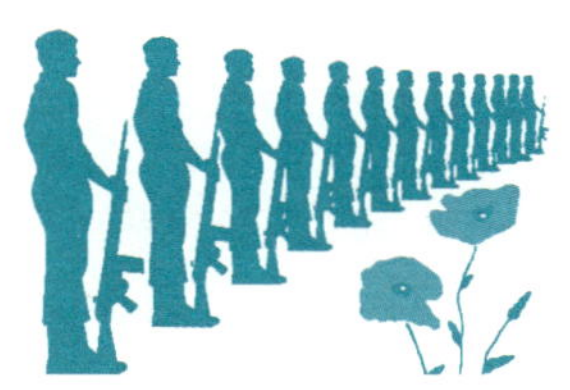

구조·권력이 마음에 미치는 영향

어릴 적, 대통령의 목숨 가치를 1.5라고 생각한 적이 있었다. 대통령은 특별한 존재이지만, 결국 한 사람에 불과하니 두 명의 생명보다 더 중요할 수는 없다고 여겼다. 그러나 지금 생각해 보면, 대통령의 가치는 단순한 숫자로 환산할 수 있는 것이 아니다. 특히, 시대와 국가의 발전 수준에 따라 대통령의 영향력은 전혀 다른 방식으로 작용한다.

과거에는 권력자가 국민의 생사여탈권을 쥐고 있었다. 히틀러가 유대인 600만 명을 학살했고, 폴 포트 정권은 170만~250만 명의 자국민을 죽여 킬링필드를 만들었으며, 김정은은 오늘날까지 북한 2,570만 명의 생사를 결정하는 권력을 행사하고 있다.

과거로 갈수록, 또는 문화와 문명이 덜 발달한 국가일수록 권력자의 결정은 곧 개인의 삶과 죽음을 결정짓는 것이었다. 한마디로, 권력자의 영향력은 국민의 생명을 직접적으로 좌지우지하는 데 집중되어 있었다.

반면, 현대의 선진국에서는 대통령이 국민의 목숨을 직접적으로 빼앗을 권한을 가지지는 않는다. 그렇다고 해서 대통령의 영향력이 줄어든 게 아니다. 오히려 국민 개개인의 삶에 더 깊이 파고든다.

예를 들어, 도널드 트럼프가 미국 대통령으로 취임했을 때 세계 증시가 요동쳤다. 그의 정책 하나하나가 미국뿐만 아니라 전 세계의 경제적 손실과 이익을 결정했다. 한국, 일본, 유럽, 심지어 개발도상국의 소상공인조차 그의 결정에 따라 피해를 보거나 이익을 보았다.

과거의 권력자는 국민의 생명을 쥐고 흔들었지만, 현대의 권력자는 국민의 경제, 복지, 일자리, 삶의 질까지 구석구석 영향을 미친다. 살려두되, 어떻게 살아갈 것인지까지 영향을 주는 것이 현대의 권력이다. 어쩌면 과거의 권력보다 더 깊이, 더 멀리 영향을 미치는 존재가 된 것인지도 모른다.

과거든 현재든, 대통령은 행복과 불행을 만들어 낸다. 이렇게 본다면 대통령의 영향력은 시대와 국가의 발전 정도에 따라 달라질 뿐, 국민의 삶을 지배한다는 본질은 변하지 않는다.

과거에는 직접적으로 생사를 결정했다면, 현재는 경제와 정책을 통해 국민 개개인의 삶을 좌우한다. 이렇듯 지도자는 수

많은 행복과 불행을 만들어 낼 수 있는 위치에 있다.

여기서 한 가지 의문.

정치를 하는 사람들은 이러한 사실을 알고, 국민에게 더 많은 행복을 만들어 주기 위해 정치를 하는 것일까? 아니면, 단순히 자신이 그런 권한을 행사하고 싶은 욕심 때문일까? 그들은 정말 국민을 위한 정치를 하고 있는가, 아니면 '국민을 움직일 수 있는 권력' 자체를 원하고 있는가?

이 질문에 대한 답은, 권력을 쥔 사람들이 스스로 증명할 것이다.

기립박수의 특별함

우리는 언제 기립박수를 칠까?

장면이 정말 특별할 때, 마음 깊은 곳에서 감동이 북받칠 때, 우리는 앉은 자리에서 천천히 일어나 손뼉을 친다. 그건 단순한 박수가 아니다. 온몸으로 '당신이 지금 만들어 낸 이 순간이 놀랍다'라고 표현하는 것이다. 기립박수에는 말로 다 하지 못한 응원과 존중이 담긴다.

하지만 기립박수를 치기 위해서는 전제 조건이 있다. 그 사람은 먼저 앉아 있어야 한다. 계속 서 있는 사람은 다시 일어날 수 없다. 감동을 표현할 기회를 이미 잃은 것이다.

이 단순한 진실은 인간관계에서도 마찬가지다.

부모가 자녀에게, 또는 누군가를 진심으로 사랑할 때 우리는 종종 그 감정을 앞세운다. 아이가 어려움을 말하기도 전에 미리 해결책을 주고, 넘어질까, 걱정돼 먼저 손을 내민다. 곁에 있는 사람의 허전함을 기다려주기보다 미리 다가가 채워주고 싶

어진다. 이럴 때일수록 우리는 자신도 모르게 늘 서 있는 사람
이 된다.

준비되지 않은 상대에게 먼저 다가간 진심은 오히려 부담될
수 있다. 아직 마음의 문이 열리지 않았는데 들어가려 하면, 따
뜻한 마음도 벽처럼 느껴질 수 있다. 그 벽은 아이러니하게도
'사랑'이라는 이름으로 지어진다.

진짜 감동은 기다림에서 온다.

관계는 '얼마나 다가가느냐'보다 '얼마나 기다려줄 수 있느
냐'에서 깊어지고, 성숙해진다. 상대가 자신의 속도로 움직일
수 있도록 옆에 앉아 있어 주는 것, 그 여백이 때로는 가장 강한
지지의 표현이다.

사랑하는 사람에게 진정한 감동을 전하고 싶다면, 늘 무엇인
가를 해주기보다, 준비된 순간까지 조용히 앉아 있어야 할지도
모른다. 그 사람이 자기 힘으로 빛나는 장면을 만들어 낼 수 있
도록 기다려주는 것, 그 순간이 무르익었을 때 함께 일어나 손
뼉 쳐주는 것.

그건 말보다 더 깊이 전해지는 지지이고, 그 자체가 감동이다.

기립박수는 그 순간이 특별하다는 것을, 말없이 전하는 가장
강력한 표현이다. 그리고 그 박수는 앉아 있었어야 칠 수 있다.

이세돌만 바둑을 두는 건 아니다

충분해 보이는데 아직도 부족하다며 인생의 항해를 꺼리는 경우를 종종 볼 수 있다. 아직 무엇을 하기에는 자신이 너무 부족하다고 생각하는 데서 비롯된 행동이다. 그러함에 대해 이렇게 생각해 봤다.

특히, 직업군 중에서 상담직에 새로 입사한 사람들을 보면 아직 지식이 부족하다며 고객을 두려워하는 경우를 많이 볼 수 있다. 아마 고객을 두려워하는 시간이 길수록 진정한 전문가가 되는 시기가 오래 걸릴 것이다.

바둑은 아마추어와 프로바둑으로 나뉘고, 처음 시작은 아마추어 18급에서부터 시작한다.

그리고 최고 고수는 프로 9단이다. 우리나라의 프로 9단 중에는 신진서, 이창호, 이세돌, 조훈현, 김인, 조남철 등등의 사람이 시대를 대표한 9단이라고 할 수 있다.

　그러면 그들만 바둑을 두나? 바둑은 동네 기원에서도 두고, 시장에서도 두고, 공원에서 낯선 할아버지도 두신다. 초보 수준인 13급 정도의 실력을 갖춘 사람도 15급이 두고 있는 바둑을 보면 무척 답답해하며 훈수하고 싶은 마음이 굴뚝이곤 한다.

　이세돌처럼 잘 둘 수 있을 때만 바둑을 두는 것은 아니다. 모르는 걸 아는 체해야 한다는 것이 아니고, 아는 만큼만 거리낌 없이 당당하게 달려가야 한다는 것이다. 이러한 개념은 영어를 배워가는 데도 꼭 필요한 마음일 것이다. 아직 영어를 잘하지 못한다는 생각에 입도 벙긋 못하는 사람, 영어를 잘하는 사람은 잘 못하더라도 아는 만큼은 열심히 떠들어 댄 사람이라는 사실을 대부분의 사람이 알고 있다.

　그래서 "바둑은 이세돌만 두는 것이 아니다."라는 마음으로 세상을 경험해 보고 싶다.

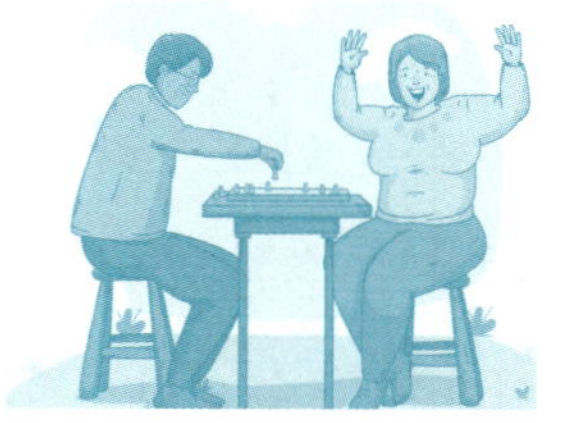

지금의 가치

감옥살이가 힘들다는 말을 많이 듣는다. 그런데 무엇이 그렇게 힘들게 하는 걸까? 사실 감옥에 갇혀 있다는 사실 자체보다, 나가고 싶다는 마음이 굴뚝같지만 나갈 수 없다는 현실이 사람을 힘들게 한다.

자유의 부재가 감옥의 본질적인 고통을 만든다. 우리는 흔히 '여기에서 지금을 살아야 한다'라는 가르침을 듣는다. 이는 철학에서, 종교에서, 심지어 자기계발서에서도 공통으로 이르는 말이다. 지금, 이 순간에 몰입하고, 만족하며 살아가는 것이 행복의 비결이라는 것이다.

그러나 감옥은 바로 그 행복의 원리를 정면으로 부정하는 공간이다. 감옥은 지금을 살아갈 수 없도록 설계된 곳, 현재를 견디는 고통에 머무르도록 만드는 곳이다.

비슷한 맥락에서 이런 생각이 든다.

만약 사랑하는 연인과 퇴근 후 데이트 약속이 있다면 어떨까? 퇴근까지의 시간은 천천히 흘러가는 듯 답답할 것이다. 하지만 흥미로운 점은, 그런 기다림조차도 힘겹기보다는 설렘으로 가득 차 있다는 것이다. 일을 하면서도 콧노래가 나오고, 시간을 채우기 위한 동기가 생긴다.

데이트라는 기대가 현재를 밝게 비추기 때문이다. 결국 지금, 이 순간을 견디는 힘은 미래에 대한 확신에서 나온다. 감옥이 괴로운 이유는 자유라는 확실한 미래가 보이지 않기 때문이다. 반면, 만약 감옥에 들어가기 전 천억 원을 몰래 숨겨두었다면 어떨까? 출소 후 보장된 부를 상상하며 감옥 생활을 견딜 동력을 얻을 것이다. 즉, 사람은 미래가 확실할 때, 현재를 더 잘 살아낼 수 있다.

우리 삶에서도 마찬가지다. 우리가 확실한 미래를 가지고 있다면, 지금을 살아가는 방식은 크게 달라질 것이다. 미래를 믿을 수 있다면 현재의 고난도 더 이상 고통이 아닌 준비의 시간이 된다. 감옥에서조차 천억이라는 확실한 미래가 있다면 지금의 삶은 더 이상 고통스러운 감옥이 아니라 기다림의 공간으로 변할 수 있다.

여기에서 중요한 질문이 떠오른다. 우리 삶에서 무엇이 그런 확실한 미래가 되어줄 수 있을까? 사랑일까, 믿음일까, 아니면 내가 꿈꾸는 비전일까? 확실한 미래를 향한 믿음이 우리를 현재에 머물며 살아갈 용기를 준다. 그래서 우리는 오늘도 더 나은 미래를 상상하며 그 확신을 지금, 이 순간에 가져와야 한다.

삶은 지금과 미래의 균형 위에 서 있다. 미래를 너무 멀리 바라보면 현재를 놓치고, 현재만 붙잡으려 하면 미래의 방향을 잃는다. 그렇기에 오늘 이 순간을 살아가며, 내일의 확신을 품을 때 우리의 삶은 진정으로 균형을 찾는다.

© Image by freepik

3장

균형은 요행이 아니라
사고와 태도의 결과이다

알아차리는 감각

옛사람들이 말한 중용과 중도는 흔히 극단을 피하고 가운데에 서며 살아가는 방식으로 이해한다. 지나침도 모자람도 없이 '한가운데'를 지키는 마음, 혹은 향락과 고행의 양극단을 떠나 적절한 지점을 지키는 태도 말이다.

하지만 내가 말하는 균형은 조금 다르다. 균형은 '가운데로 돌아가려는 노력'이 아니라, 지금 내가 어디에 있는지 정확히 알아차리는 감각이다.

왼쪽으로 치우쳐 있다면 '지금 왼쪽에 있어.' 오른쪽으로 기울었으면 '지금은 오른쪽이구나.'라고 알아차리는 것. 균형은 여기서 시작된다.

왜냐하면 사람의 몸과 마음에는 스스로 중심을 찾아오는 본능이 있다. 억지로 중심을 잡으려 애쓰지 않아도, 내가 치우친 것을 인식하는 순간부터 조용한 복원이 시작된다. 그래서 나는 넘침과 부족함을 실패라고 보지 않는다. 그건 단지 과정이다.

넘치고 있음을 알면 자연스럽게 덜어낼 것이고, 부족하다고 느끼면 채우게 된다. 중요한 건 '알아차리는 능력'이다.

이 원리를 가장 잘 보여주는 예가 스케이트다.

스케이트는 정면으로 밀면 앞으로 나아가기 어렵다. 왼쪽으로 한 번 밀고, 그다음 오른쪽으로 밀어야 속도가 붙는다. 빙판에서 스케이트 날을 비스듬히 가르는 힘이 앞으로 나아가는 힘으로 바뀌기 때문이다. 즉, 스케이트는 '중앙을 지키는 운동'이 아니라 좌우로 흔들리며 전진하는 운동이다. 그리고 가장 중요한 건 지금 왼쪽을 딛고 있다는 걸 왼쪽에서 선명하게 느끼고, 오른쪽을 딛을 때는 오른쪽에서 또렷하게 느끼는 감각이다. 균형은 흔들림이 없는 상태가 아니라, 흔들림을 정확히 알아차리는 능력이다. 그 리듬이 앞으로 나아가게 한다.

삶도 마찬가지다.

조금씩 흔들려도 괜찮다. 지금의 흔들림을 인정할 수 있을 때, 우리는 앞으로 나아갈 힘을 갖는다.

균형이란 한가운데에 서는 기술이 아니라, 흔들리는 나를 바라보고 알아차리는 것이다. 우리는 목표를 향해 가지만, 항상 중심만 걸을 수 있는 사람은 없다. 왼쪽으로 기울었던 때도, 오른쪽으로 쏠렸던 때도 결국은 앞으로 가는 힘이 된다. 그 흔들림 속에서 우리는 균형을 배운다.

그래서 내가 말하는 균형은 '한가운데를 지켜라'가 아니라 '지금의 흔들림을 알아차려라'이다. 그 자각이 있을 때 우리는 쓰러지지 않으며 흔들릴 수 있고, 비틀거리면서도 계속 전진할 수 있다.

© Image by freepik

모든 문제를 이긴다고 해서 행복할 수 있을까?

AI는 문제를 해결하고 최적의 결과를 도출하기 위해 설계되었다. 한마디로, AI는 '이기는 방법'을 찾는데 탁월하다. 무수한 데이터를 분석해 가장 합리적이고 효율적인 선택을 추구한다. 하지만 여기서 흥미로운 질문이 떠오른다.

모든 문제를 이긴다고 해서 행복할 수 있을까? 사람은 AI와 다르다. 사람은 단순히 이기는 것을 목표로 하지 않는다. 때로는 손해를 감수하고, 때로는 타협하며, 조율을 통해 균형을 찾아간다. 이 균형은 승리나 패배를 넘어서는, 더 본질적인 무언가를 지향한다.

그것은 바로 행복이다.

만약 행복이 균형이라고 본다면, 끊임없이 이기기만 하는 삶은 오히려 행복에서 멀어질 수도 있다. 모든 관계에서 승리하려는 태도는 갈등을 키우고, 혼자만 앞서가려는 노력은 고립을 불러온다. 행복은 때로는 '내가 이기지 않아도 괜찮다'라는 점을 인정할 때 찾아온다. 그 순간 우리는 삶에서 더 깊고 진정한 조화를 경험할 수 있다.

AI는 이기는 방법만을 알지만, 사람은 조율을 통해 균형의 미학을 안다. 승리와 패배를 넘어서 조화를 이루는 과정에서 인간은 비로소 행복이라는 목적지에 도달한다. 그러니, 이기는 방법을 배우는 것도 중요하지만, 균형을 찾는 법을 잊지 말자.

그것이 사람과 AI를 구분 짓는, 인간만의 특별한 능력이 아닐까?

삶은 항상 직선으로 흐르지 않는다

많은 사람들은 목표를 향해 가는 삶을 긴 직선 도로처럼 상상한다. 출발 – 노력 – 도착. 높낮이도, 흔들림도, 돌아감도 없는 단순한 여정 말이다. 하지만 현실의 삶은 그렇게 흘러가지 않는다. 우리는 언제나 조금씩 흔들리고, 돌아가고, 멈추기도 한다.

그리고 그 흔들림 때문에 '내가 잘못된 길을 가고 있는 건 아닐까?', '왜 나는 남들처럼 곧바로 가지 못할까?' 라며 스스로를 의심하기도 한다. 그러나 흔들림은 실패의 증거가 아니다. 오히려 삶의 자연스러운 리듬이다.

운전을 떠올려보자.

지도에서 서울에서 부산까지의 거리는 약 416km다. 하지만 실제로 차를 몰고 가다보면 계기판에 찍히는 주행거리는 조금 더 길다. 왜일까? 운전자는 단 한 번도 핸들을 고정한 채 달리지 않는다. 직선으로 가려고 하지만 계속 좌우로 미세한 조정을 하게된다. 핸들을 조금 늦게 틀면 차량이 흔들리고, 너무 늦게 틀면 차선을 이탈할 수도 있다. 그래서 운전자는 끊임없이 조절한다.

운전 기록을 확대해 보면 우리가 달린 길은 완벽한 직선이 아니다. 아주 얇게, 거의 보이지 않을 정도로 지그재그가 반복되어 있다. 그 흔적이 바로 보정의 기록이고 그 거리만큼 더 운행하게 되는 것이다. 그리고 이 추가된 거리, 나는 이것을 '중도비용'이라고 부른다.

직선보다 더 많이 갔으니까 이 중도비용은 비효율이라고 할 수 있을까? 그 거리가 있기 때문에 우리는 안전하게 목적지에 도착한다. 중도비용은 낭비가 아니라 도달을 가능하게 만든 필수 과정이다.

삶도 그렇다. 시험에 떨어진 경험, 친구와 멀어졌던 시기, 다시 선택했던 진로, 아무것도 하지 않고 가만히 쉬었던 방학 같은 날들…. 겉으로는 돌아간 것처럼 보인다. 하지만 그 시간들은 방향을 배우고, 다음 선택의 정확도를 높여준다.

이 관점은 부모와 자녀의 관계에서도 중요하다. 아이들은 언제나 직선으로 자라지 않는다. 수학 문제를 풀다가 게임을 하고, 공부하겠다더니 산책을 나가고, 친구와 갈등하며 복잡한 감정에 머물기도 한다. 부모의 눈에는 돌아가는 길처럼 보일 수 있다.

그래서 잔소리가 나온다. '뭐하는 거냐.' '시간 낭비하지 마라.' '그러다 뒤처진다.'

하지만 아이의 삶도 운전과 같다. 그들은 자신만의 속도로, 자신만의 방식으로, 조금씩 방향을 조정하며 나아가는 중일 수 있다. 그 순간에 잔소리가 계속된다면 아이에게는 스스로 핸들을 잡아볼 기회가 사라진다. 부모는 도와준다고 하지만, 아이에게는 통제와 지나친 간섭으로 느껴질 수 있다. 결국 소통은 멀어지고 관계는 단단해지지 않는다.

때때로 가장 필요한 것은 옆자리에서 조용히 기다려주는 일이다. 균형 있는 육아(parenting)는 길을 대신 운전해주는 것이 아니라, 아이 스스로 보정 할 줄 아는 사람이 되도록 시간을 허락해주는 것이다.

삶은 직선이 아니기 때문에 우리는 더 많은 풍경을 본다. 더 많은 생각을 하고, 더 천천히 성장한다. 흔들림을 낭비가 아니라 삶의 필요비용으로 바라볼 때, 비로소 우리는 삶을 있는 그대로 이해하게 된다.

그리고 그때 깨닫는다. 조금 돌아갔기에, 우리는 결국 더 단단해졌다는 사실을.

그릇의 크기

'코이'라는 물고기가 있다. 연못에서 기르는 관상용 잉어인데, 특이한 성장 특성을 가지고 있다. '코이'는 자신이 살아가는 그릇의 크기만큼만 성장한다.

좁은 어항에 넣어두면 5cm 남짓에서 성장이 멈추지만, 넓은 연못에 옮겨주면 90cm~120cm까지 자란다. 사람들은 이 현상을 두고 '환경이 성장의 한계를 결정한다'라고 말하곤 한다.

이러한 현상을 나는 베란다에 두었던 작은 화분을 통해 경험하였다. 몇 년 동안 정성 들여 키운 화초가 있었다. 물도 거르지 않고 주었고, 비료도 챙겼지만, 이상하게도 더 이상 자라지 않았다. 처음엔 그 이유를 몰랐다. 품종이 원래 작은 거로 생각했다.

그러나 어느 날 화분에서 조심히 뿌리를 꺼내 보았을 때, 나는 조용히 숨을 멈추고 말았다. 뿌리는 이미 화분 안에서 빙글빙글 말려 있었다. 더 뻗어 나갈 공간이 없었다. 식물은 자랄 의지가 없었던 것이 아니라, 자랄 수 없는 조건 속에 갇혀 있었다.

나는 더 큰 화분으로 갈아 심었다.

놀랍게도 몇 년 동안 변하지 않던 화초가 다시 성장하기 시작했다. 하지만 그 성장도 다시 멈추었다. 그 후 화분을 버리고 마당 흙에 직접 옮겨 심는 시도를 해봤다.

그리고 그때 처음으로 알게 되었다.

성장은 물이나 비료뿐이 아니라, 뿌리가 뻗을 공간이 필요하다는 사실을. 그런데 이 경험은 나를 더 깊은 질문으로 이끌었다.

'공간'이란 무엇인가? 공간이 바뀌자, 왜 생명은 다시 움직였던가? 그때, 문득 이런 생각이 들었다. 공간이란 단순한 물리적 개념이 아니라 가능성의 여유였다. 뿌리가 뻗어갈 여유,

새로운 길을 탐색할 여유, 더 크게 자라볼 수 있는 여유. 생명은 그 여유 안에서 방향을 찾고, 방향 속에서 성장을 선택한다.

이 질문을 하다 보니 다시 우리에게 돌아왔다. 사람에게도 화분이 있을까? 사람은 '코이'처럼 환경에 의해 성장의 한계가 정해지는가? 사람은 물고기처럼 수조에서 살지 않는다.

화초처럼 화분 속에서도 살지 않는다. 사람은 물리적 환경을 아무리 잘 맞춰줘도 한없이 자라지 않는다.

그럼에도 사람들은 이런 말을 한다.

"저 사람은 큰 사람이야"

"저 사람은 대인배야"

그 차이는 어디에서 생길까?

나는 이렇게 답한다.

"사람에게 진짜 화분은 '마음'이다."

"사람의 성장 공간은 사고(思考)의 크기에서 결정된다."

우리는 모두 각자의 '생각의 크기' 안에서 산다.

생각이 좁으면 세상도 좁게 보이고, 가능성도 좁아진다. 반대로 생각이 확장되면 삶도 확장된다. 똑같은 상황을 만나도 어떤 사람은 한계를 보고, 어떤 사람은 길을 본다. 문제는 상황이 아니라 생각의 크기다.

내가 나를 어디에 두느냐는 단지 장소의 문제가 아니다.

내가 어떤 사람들과 관계를 맺고, 어떤 말 속에 머물고, 어떤 생각을 택하며 살아가느냐의 문제다.

공부를 예로 들어보자. 공부하기에는 도서관과 PC방 중에서 어느 장소가 적합할까? 환경은 저절로 주어지는 게 아니다. 환경은 내가 나를 어디에 두느냐로 만들어진다.

성장은 재능이나 성격보다 선택의 문제다. 오늘 내가 어떤 생각을 선택하는가, 어떤 말과 사람 속에 나를 두는가, 어떤 방향으로 나를 기울게 하는가. 이 모든 것이 나라는 존재의 크기를 만든다.

결국 문제는 환경이 아니라, 내가 나를 어디에 두느냐이다.

사람은 몸이 아니라 생각으로 성장한다. 그리고 생각의 크기는
선택할 수 있다.

이동 방식의 또 다른 구조

"두 점을 이으면 직선이 된다."

기하학의 기본이자, 누구도 의심하지 않는 명제다. 그런데 문 득 이런 생각이 들었다.

그 종이가 접혀 있다면 어떨까? 직선이었던 경로는 구부러지 고, 멀리 떨어져 있던 두 점이

단 한 번의 접힘으로 맞닿게 된다. 그 순간, 선은 더 이상 단순 한 직선이 아니다.

공간이 바뀌었고, 관계도 달라졌다.

인간관계도 어쩌면 이와 비슷하지 않을까. 회사에는 주임, 대 리, 과장, 부장, 이사, 사장 같은 정해진 직급의 단계가 존재한 다. 대부분은 그 계단을 차례차례 밟아 올라간다.

어떤 사람은, 처음부터 사장의 특수관계인이거나, 특별한 인 연으로 연결된 경우일 수 있다. 그는 다른 사람들이 오랜 시간 에 걸쳐 도달하는 지점을 단숨에 건너간다.

나는 그것이 옳다거나 그르다거나, 당연하다거나 부당하다고 말하려는 게 아니다. 그런 판단의 문제가 아닌 그저 이동 방식의 또 다른 구조를 말하는 것이다.

우리가 살아가며 맺는 관계나 목적하는 과정들 역시 종이 위의 선으로 바라볼 수 있다. 누군가는 일정한 순서를 따라가고, 누군가는 전혀 다른 방식으로 다음 점에 닿는다. 그 연결 방식은 어떤 사람이든, 평생 펼쳐진 종이에서만 살지는 않는 것 같다.

언젠가 조금이라도 접힌 종이를 마주하는 경우가 생긴다. 인생의 종이를 접는 기술(?), 기회(?) 타고나는 능력일까? 아니면 스스로 개척할 수 있는 무엇일까?

문득, 이런 생각이 들었다.

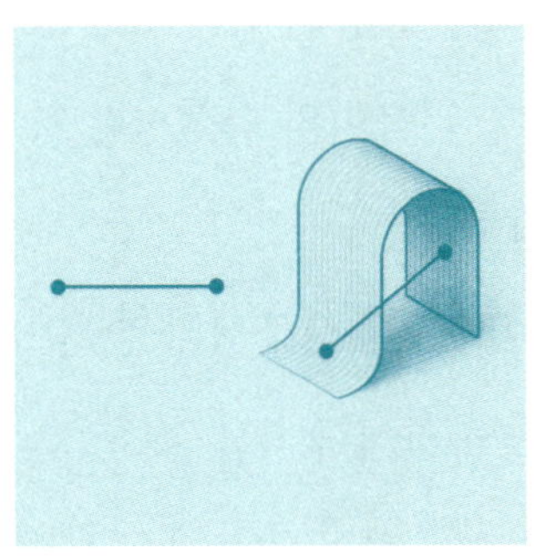

특성시간과 무차원 수명

장자를 읽다 보면, 인생을 흥미로운 방식으로 풀어낸 이야기를 만난다. 예를 들어, 80세 인생의 총길이를 지구 70바퀴로 비유한다. 이 계산은 이렇게 나온다. 사람이 보통 한 시간에 4km를 걷는다고 가정하고, 그 속도로 밤낮없이 80년을 걸으면 약 280만 km. 이는 지구 둘레(약 4만 km)를 70바퀴 돈거리와 비슷하다.

또한, 흥미로운 개념으로 특성시간이 있다. 이는 각 생물체의 평균 몸길이를 보행 속도로 나눈 값이다. 예를 들어, 사람의 평균 신장은 170cm이고, 보행 속도는 초당 1m이므로, 사람의 특성시간은 약 1.7초다. 거북이의 특성시간 약 4초, 쥐는 약 0.027초, 파리는 약 0.0015초이다.

특성시간을 기준으로, 각 생물체의 총 수명을 무 차원적으로 환산한 값이 무차원 수명이다.

놀랍게도 이 값은 생물체의 종류에 상관없이 약 10억으로 비숫하다. 즉, 인간이든 거북이든 하루살이든, 체험하는 수명의 길이에는 큰 차이가 없다는 것이다.

장자는 이를 통해 삶의 길이와 크기에 집착하지! 말고, 현재의 체험과 본질을 중요시하라는 가르침을 전하려 했던 것으로 보인다. 삶의 '무한'은 절대적인 시간이 아니라, 자신이 체험하는 시간의 밀도와 질에 달려 있음을 깨닫게 한다.

〈참고: 무차원 수명의 계산〉

특성시간: 생물의 평균 신체 크기(길이)를 보행 속도로 나눈 값.

사람: 신체 크기(170cm) ÷ 보행 속도(초당 1m) = 약 1.7초

거북이: 신체 크기와 느린 속도에 따라 약 4초

파리: 신체 크기와 빠른 속도에 따라 약 0.0015초

무차원수면: 생물의 전체 수명(초 단위)을 특성시간으로 나눈 값.

사람: 80년(약 2.5억 초) ÷ 1.7초 ≈ 10억

거북이: 150년(약 4.7억 초) ÷ 4초 ≈ 10억

파리: 1일(약 86,400초) ÷ 0.0015초 ≈ 10억

<참고>

　무차원 수명의 의미. 모든 생물이 체감하는 '시간의 총량'이 비슷하다. 생물의 크기와 속도에 따라 시간 감각이 다르지만, 특성시간을 기준으로 계산하면 모두 비슷한 값을 가진다. 인간의 80년은 거북이의 150년이나 하루살이의 하루와 다르지 않다는 의미.

　시간의 상대성. 각 생물은 자신의 특성시간에 따라 속도와 삶의 리듬이 다르지만, 체험하는 총 수명은 본질적으로 동일하다. 이는 생명체가 시간을 경험하는 방식이 물리적인 수명보다 더 중요하다는 철학적 메시지를 담고 있다.

시점을 맞추어 판단하는 연습

아들에게 돈을 건넬 때 우리는 여러 번 세어보기도 하고,

"잘 사용해라."

"잘 보관해라."

"잃어버리지 않게 조심해라."

노파심에서 걱정 어린 잔소리를 덧붙이기도 한다. 그러나 은행에 돈을 맡길 때는 다르다.

은행 직원은 단지 숫자가 인쇄된 한 장의 입금증을 건네줄 뿐이다. 우리는 그 종이 한 장만 들고 집으로 돌아오면서도, 돈이 안전할 것이라고 막연히 생각한다.

아들에게는 끊임없이 걱정을 쏟아내면서도, 은행에는 마치 당연한 듯 아무 의심 없이 돈을 맡긴다. 막상 은행에서 돈을 빌리려고 하면 상황은 달라진다. 대출을 약속했던 직원은 어느 날 갑자기 '은행 방침이 바뀌었습니다'라며 말을 바꾸는 일도 있다.

어제까지만 해도 '문제없습니다.'라고 했던 사람이, 하루아침에 '저도 어쩔 수 없습니다.'라고 말한다. 담당 직원이 다른 지점으로 전출이라도 가면 이전에 했던 말들은 또 달라지곤 한다.

은행은 철저하게 자신의 이해관계에 따라 움직인다. 돈을 맡길 때는 우리의 신뢰를 당연한 듯 받아들이지만, 우리에게 돈이 필요할 때는 언제든 태도를 바꿀 수 있다. 그럼에도 사람들은 아들에게 돈을 맡길 때보다, 은행에 돈을 맡길 때 더 안심한다. 이는 은행이나 직원 자체를 신뢰해서가 아니라, 그들이 속한 시스템을 신뢰하기 때문이다.

결국, 신뢰란 상대방이 얼마나 일관된 프로세스와 규칙을 가졌는지에 달려 있다. 신뢰가 사랑의 정도에 따라 결정된다면, 자녀가 가장 깊은 신뢰를 받아야 한다. 그러나 신뢰와 사랑은 비례하지 않는다.

자녀와 부모의 관계에서도, 인간관계에서도. '어떤 경우에는 이렇게 한다'라는 명확한 규칙과 시스템이 존재한다면, 불필요한 걱정을 덜 수 있을 것이다. 신뢰는 단순한 감정이 아니라, 상대가 얼마나 예측할 수 있고 일관되게 행동하는지에 의해 형성된다. 인간관계에서도 신뢰의 기준은 상대방이 얼마나 규칙적이고 시스템화된 존재로 인식될 수 있는가에 달려 있는지도 모른다.

나의 여행 거리

삶에 있어서 큰 스승 중의 하나가 여행이라고 말한다. 여행을 많이 다니면 그곳에서 겪는 하나하나가 모두 삶을 가르쳐 준다는 것이다.

그만큼 여행이 삶의 내공을 키워주는 데 한 역할을 한다는 것에 동의한다. 그러면 얼마나 많이 여행해야 할까? 라는 의구심이 생기기 시작했다.

나는 살면서 얼마나 여행하게 될까? 그러면서 들은 생각, '지구는 공전을 한다.', '우리는 모두 우주를 여행하고 있다.'라는 생각, 그래서 계산해 봤다.

지구의 크기는 40,000km 정도이다. 빛은 1초에 지구를 7바퀴 반을 도는 속도니까 300,000km/sec이고, 지구와 태양 간의 거리는 빛의 속도로 8분 19초만큼 떨어져 있으니까 146,600,000km이다.

원의 둘레는 2πr이니까 지구가 태양을 공전하는 거리는

940,116,000km이다. 그러면 지구는 하루에 2,575,661km를 달려가는 것이고 한 시간에 107,319km를 이동한다. 1분에는 1,788km이고, 1초에 29.8km를 달려간다.

엄청난 속도이다.

우리가 운전할 때 시속 150km만 돼도 빠른 것 같은데, 태어나서부터 지금까지 한 번도 쉬지 않고 시속 107,319km의 속도로 달려가고 있다. 한 시간에 지구를 두 바퀴 반이나 돌고도 남는 거리이다.

엉뚱한 생각의 출발에서 놀라운 결과를 발견하게 되었다. 인간의 수명을 대략 80년으로 계산한다면 평생 누구나가 75,209,280,000km를 여행하게 되는 것이다. 대한항공의 고객우대 프로그램을 보면 50,000마일(mi) 이상 탑승실적이 있는 고객에게는 모닝캄이라고 해서 몇 가지 특혜를 주고, 500,000mi 이상의 실적이 있는 프리미엄 고객과 백만 마일 이상의 밀리엄 고객들에게 특별대우를 해주고 있다. 상당히 많은 여행을 한 우량고객에 대한 우대하는 것이다.

그런데 위에서 알아본 바와 같이 우리가 모두 평생 여행하는 752억km와 대비해서 50만, 100만mi을 생각해 보면 무척 보잘것없는 숫자에 불과하다. 누구와 비교해서 여행을 많이 한 사람, 아닌 사람 이렇게 나누는 것 자체가 어찌 보면 우스운 면

이 있다.

　우리는 모두 다 자신의 삶 자체가 대단한 여행을 한 것이다. 이 엄청난 여행을 함께하는 동반자들에게 고맙고 반가운 마음을 나누고 싶다. 위에서 팔십 평생의 여행 거리를 계산해 보고 무척 놀랐는데, 만약에 지구가 속해있는 태양계가, 은하계가 무엇인가에 대해서 공전을 한 거라면.

내 몸, 내 인생

우리가 물건을 사고파는 행위를 매매라고 한다.

'팔 매(賣)와 살 매(買)'

어떤 때 팔고 어떤 때 사게 되는 걸까? 이것은 수요와 공급의 원칙에 의해 좌우된다고 할 수 있을 것이다. 즉, 공급에 비해 수요가 많을수록 가격은 올라간다.

현대 세상에서 부자가 되고 싶어 하는 사람은 많다. 위의 논리로 접근해 보면 부자가 되기 위해서는 원래의 가치보다 비싸게 살 수밖에 없다고 할 것이다. 그렇다면 부자를 사기(買) 위해서 어떤 것을 우리가 내는 것인가? 대충 생각해 보면 이런 것들을 지급하게 된다.

- 시간
- 젊음
- 스트레스받으며 일하기

- 아이들과 함께 어울려 놀기를 포기하기
- 따뜻한 마음으로 세상을 들여다보기
- 함께 어우러지기보다는 경쟁하기

그 외 비슷한 개념의 일들 이런 것들을 포기하고 부자의 지위를 사게 된다. 물론, 그렇지 않은 때도 있다. 그것은 살다 보니 부자가 된 것과 부자가 되기 위해서 산 것과의 차이라 할 것이다.

흔히들 재테크의 수단으로 부동산을 활용한다. 좋은 부동산을 발견해서 그곳에 투자할 때에 투자자는 이런 마음을 먹는다. '3년만 지나면 두세 곱절 오를 곳이다.' 그리고 그것이 실제로 그렇게 오르길 기다린다.

기다린다는 것은 결국 자신이 나이 먹기를, 늙어가기를 기다리는 것이다. 그래서 나는 부동산업은 나이 먹는 직업이라고 표현한 적이 있다. 이렇게 사람들은 자신의 나이와 돈을 바꿔가며 살아가는 것 같다. 이러한 귀중한 것을 포기하고 부자가 되어 나이가 80세 정도 되면 이렇게 얘기할 수 있을 것이다.

'나는 참 열심히 살았다.'

이 말이 어찌 보면 무척 애처롭게 느껴진다. 열심히는 살았지만, 자신의 인생을 살지는 못한 것이다. 예전에 고 정주영 회장이 노년에 주변인의 부축을 받으며 이동하는 것을 보면서 이런 생각을 한 적이 있다.

'수많은 사람들이 부러워하는 저 사람은 참으로 많은 것을 갖고 있다.'

그렇다면 저 사람이 갖고 싶은 것은 무엇일까? 저 사람에게 자신이 갖고 있는 모든 것과 나의 젊은 몸뚱이와 바꾸자고 하면 바꿀까?'라는 생각을 해 보았다.

그런 생각을 하고 나니까 '내 몸', '내 인생'이 더욱더 소중하게 다가오는 것을 느꼈다.

나이에 따른 생각과 태도

사람은 나이에 따라 생각이 변하고, 삶에서 추구하는 균형의 기준도 달라진다. 20대와 50대가 같은 상황을 바라보는 관점은 분명 다르며, 이 차이는 단순히 나이로만 설명할 수 있는 것이 아니다. 삶을 살아가며 축적된 경험, 환경, 그리고 그때그때 변화하는 우선순위가 생각과 균형의 차이를 만든다.

20대: 가능성을 향한 도전과 성장

젊은 시절에는 대체로 이상과 꿈에 초점을 맞춘다. 자신이 할 수 있는 모든 가능성을 탐구하며, 실패에 대한 두려움보다는 도전에서 오는 희열을 더 크게 느낀다. 이 시기의 균형은 불완전하다. 한쪽으로 치우치는 선택을 하기도 하며, 그것이 성장의 과정임을 받아들인다.

30대와 40대: 책임과 현실의 무게

30대가 되면 도전뿐만 아니라 안정도 중요하게 여긴다. 삶에 대한 책임이 늘어나고, 가족, 경력, 재정 등 여러 가지 요소를 조화롭게 관리해야 하는 시기다. 균형의 기준은 점차 자신보다 주변 사람으로 확장된다. 현실과 이상 사이에서 갈등하며 균형을 잡으려 노력한다.

50대 이상: 내면의 평화와 삶의 지혜

50대가 넘어가면 많은 경험을 통해 인생의 우선순위가 정리된다. 과거에 그렇게 중요하게 여겼던 것들이 별 의미 없게 느껴질 때도 있다. 이제는 외부의 평가보다 내면의 평화를 더 중요하게 생각한다. 균형의 기준은 자신이 얼마나 편안하게 느끼는가에 있다.

나이에 따른 균형은 상대적이다.

하지만 나이가 같은 사람이라도 상황에 따라 다르게 느끼고 행동한다. 같은 40대라도 누군가는 꿈을 이루기 위해 고군분투하는 반면, 누군가는 이미 안정된 삶 속에서 새로운 변화를 고민한다. 결국, 생각과 균형은 개인의 가치관, 환경, 그리고 그 시기에 주어진 과제에 따라 달라진다.

나이에 따라 생각이 변하고 균형의 기준이 달라지는 그것은 자연스러운 일이다. 중요한 것은 어느 나이에 있든, 그 순간의 무게를 받아들이고 최선을 다해 균형을 찾아가는 것이다. 삶은 정답이 없는 여정이며, 각자의 나이에 맞는 생각과 균형을 존중하는 것이 결국 더 나은 삶을 만들어준다.

나이는 단순히 숫자가 아니라, 매 순간 우리를 변화시키는 시간의 흔적이다. 그 흔적 속에서 우리는 성장하고, 더 깊은 의미의 균형을 찾아간다.

역할을 자각하는 나

삶의 무대 위에서 나를 알아차리기

우리는 모두 무대 위의 배우다.

셰익스피어는 말했듯이, '세상은 하나의 무대이고, 우리는 단지 배우일 뿐이다.'

우리는 각기 다른 상황 속에서 다양한 가면을 쓰고 살아간다.

가족과 있을 때의 나, 직장에서 나, 친구들과 있을 때의 나. 이러한 모습들은 모두 내가 맡은 역할일 뿐, 진정한 나의 본질은 아니다.

이러한 관점에서 우리는 삶을 연극으로 보고, 자신을 무대 위 배우로 알아차리는 독특한 명상법인 연극 명상을 생각해 볼 수 있다.

삶은 연극이다

우리는 모두 다양한 사회적 관계 속에서 역할을 연기한다.

부모, 배우자, 동료, 친구, 심지어 낯선 사람 앞에서도 우리는 특정한 방식으로 행동한다. 그런데 이러한 행동은 상황과 관계에 따라 달라지며, 이는 마치 연극 속 캐릭터처럼 내가 선택한 '가면'이라는 점을 알게 된다.

연극 명상은 바로 이 점에 주목한다.

내가 지금 어떤 역할을 하고 있는지, 그 역할이 왜 이 상황에서 나타났는지를 자각하는 것이다. 연극 명상은 단순히 무언가를 '하는' 명상이 아니라, 삶 전체를 명상의 도구로 삼는 것이다. 내가 지금 연기하고 있는 나의 역할과 행동을 한 발짝 물러서서 관찰하며, 내가 진정 누구인지 성찰할 수 있다.

알아차림과 수용

연극 명상의 핵심은 알아차림이다. 우리는 일상에서 여러 역할을 자연스럽게 연기하지만, 이를 자각하지 못하는 경우가 많다. 알아차림은 현재 내가 어떤 가면을 쓰고 있는지, 그 가면이 나에게 어떤 영향을 미치는지를 보는 것이다.

예를 들어, 당신이 직장에서 회의 중일 때, 당신은 '유능한 전문가'라는 역할을 연기하고 있을 수 있다. 이 순간, 당신은 스스로에게 질문해 볼 수 있다.

지금 내가 연기하는 역할은 무엇인가? 이 역할을 통해 얻으려는 것은 무엇인가? 이 역할이 진정한 나와 얼마나 연결되어 있는가?

이러한 질문은 우리의 내면 깊숙이 자리한 진정한 자아를 탐구하는데 도움을 준다. 동시에, 우리는 자신이 쓰고 있는 가면과 역할을 비판하거나 거부하는 것이 아니라, 수용할 필요가 있다.

가면과 역할은 삶을 살아가는 데 필요한 도구일 뿐이다. 하지만 그 도구가 나의 본질은 아니라는 점을 명확히 인식하는 것이 중요하다. 연극 명상을 실천하기 위해 특별한 장소나 도구가 필요하지 않다. 우리의 삶 그 자체가 무대이고, 매 순간이 연습의 기회다.

다음은 연극 명상을 실천할 수 있는 간단한 방법들이다.

① 현재 상황에서의 역할 관찰하기.

지금, 이 순간 내가 연기하고 있는 역할은 무엇인지 자각한다. 나는 지금 가족들과 대화에서 '좋은 부모'를 역할하고 있구나.

② 역할과 나 자신 구분하기.

내가 맡고 있는 역할과 진정한 나를 구분해 본다. 이 역할은 내가 선택한 것이지, 내가 전부는 아니다.

③ 가면 뒤의 감정 탐구하기.

역할 뒤에 숨겨진 감정이나 욕구를 관찰한다. 내가, 이 역할을 통해 얻으려는 것은 타인의 인정이구나.

④ 역할놀이를 즐기기.

내가 맡은 역할을 더 의식적으로 연기하며, 이를 하나의 놀이처럼 즐긴다. 지금은 유머러스한 친구의 역할을 연기해 보자.

연극 명상은 단지 자기 성찰의 도구에 그치지 않는다.

이는 삶을 보다 가볍고 창조적으로 바라보는 새로운 관점을 제시한다. 철학자 니체는 '삶은 예술이 되어야 한다'라고 했으며, 크리슈나무르티는 '우리 자신을 관찰함으로써 진정한 자유를 발견한다'라고 주장했다.

이러한 사상들은 연극 명상과 밀접한 관련이 있다. 우리가 삶을 연극으로 보고, 각 역할을 의식적으로 연기하며 그 배후의 진정한 자아를 탐구할 때, 우리는 삶의 복잡한 관계와 상황을 새로운 시각에서 이해할 수 있다. 또한, 자신의 다양한 모습을 인정하고 수용함으로써 내면의 자유를 경험할 수 있다.

삶은 거대한 연극이고, 우리는 그 무대 위의 배우다.

연극 명상은 우리가 연기하고 있는 다양한 역할을 자각하고, 그 역할과 진정한 나를 구분하며, 삶을 더 깊이 이해할 수 있도록 돕는다. 이제 당신의 무대에서 연극 명상을 시작해 보자. 관객이 없는 무대 위에서, 당신 자신과의 진솔한 대화를 나누는 순간, 당신은 이미 연극 명상을 실천하고 있다.

순간, 당신은 이미 연극 명상을 실천하고 있다.

유연성과 흐름의 미학

어떤 음식을 먹고 이렇게 말할 때가 있다.

"오, 이거 소고기 맛 나는데?"

"참치인데, 소고기 같아!"

"단호박인데, 밤 맛도 느껴져."

그 말에는 단순한 미각의 놀라움 그 이상이 담겨 있다.

음식이 가진 본래 고유의 맛 위에 예상하지 못한 다른 맛이 겹쳤을 때, 우리는 거기서 새로운 즐거움을 발견한다. 단호박은 여전히 단호박이다. 참치는 여전히 참치다. 본질이 사라진 건 아니다.

그런데 거기에 '밤 맛'이, '소고기 맛'이 살짝 얹혀 있는 느낌, 바로 그 겹친 풍미가 사람들의 입과 마음을 사로잡는다. 이건 단순히 "닮은 맛"이 아니라 고유함과 이질감이 동시에 살아 있는 경험이다. 익숙한 것과 낯선 것이 충돌하는 그 지점에서 우리는 미묘한 쾌감을 느낀다.

유머도 그렇다.

웃긴 이야기에는 언제나 반전이 있고, 그 반전은 전개에 숨어 있던 예상 밖의 상황이 드러날 때 완성된다. 맛도, 인생도 마찬가지다. 예상되는 흐름 속에서 불쑥 튀어나오는 다름, 그 순간이 우리를 멈추게 하고, 느끼게 한다. 참치 같지만, 소고기 같고, 단호박이지만 밤 같은 그 느낌. 그건 반전이기도 하지만, 그보다 더 중요한 건 고유함과 낯섦이 조화를 이루는 상태라는 점이다.

그래서 우리는 그런 음식을 두고 '진짜 맛있다'라고 말한다. 그런 맛을 좋아하는 우리의 마음은 고여 있기를 싫어하는 본능을 보여준다. 하나의 맛, 하나의 길, 하나의 방식에 갇히기보다. 거기서 파생되는 또 다른 감각, 가능성, 연결을 찾아내고 싶어 한다.

흐르는 것을 좋아하는 마음, 그것이 우리를 살아 있게 한다. 그래서 반전 있는 맛, 겹친 풍미를 좋아하는 건 단순히 입맛의 문제가 아니라 삶을 대하는 마음의 태도일지도 모른다. 나는 지금 어떤 맛의 삶을 살고 있는가? 본연에만 머무르고 있는가? 아니면 나를 흐르게 하고, 겹치게 하고, 섞이게 하며 더 깊은 풍미를 만들어가고 있는가?

익숙한 것에 새로움이 스며들었을 때 진짜 '맛있다'라고 느낄

수도 있다. 우리는 오늘도 그런 맛을 찾아 헤맨다. 삶에서도, 관

계에서도, 생각에서도~.

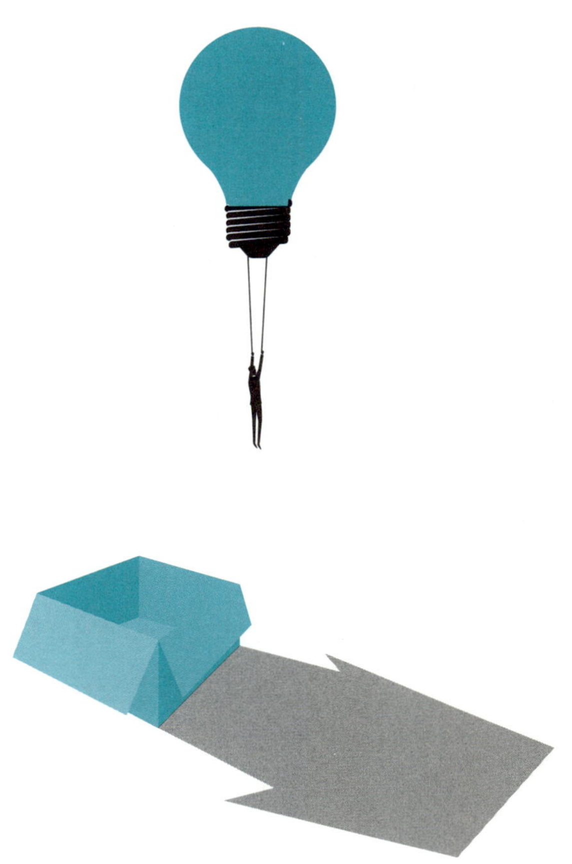

미세한 존재들과 영향 주고받기

사람, 동물, 곤충, 나무 등, 이 세상의 모든 존재는 '미세한 존재'들이 모여 이루어진 것이라고 나는 생각한다. 그리고 이러한 미세한 존재는 절대로 사라지지 않는다.

우리가 죽음을 경험하거나, 나무가 불에 타 사라지는 것처럼 보일 때조차 그것은 그저 미세한 존재들이 흩어지는 과정일 뿐이다. 우리가 보고 느끼는 물질의 생성과 소멸은, 어쩌면 이러한 미세한 존재들이 모였다 흩어지는 모습을 우리 눈에 그렇게 인식되게 만드는 하나의 현상일 것이다.

사람의 세포는 짧게는 13일, 길게는 몇 년을 살아간다고 한다. 사람이라는 전체는 이러한 끊임없는 세포의 생성과 소멸을 반복하며 80년 이상을 살아간다. 그렇다면 어린 시절의 나는 몇십 년 후의 나와 과연 같은 존재일까, 아니면 다른 존재일까? 이러한 질문은 '미세한 존재'라는 개념으로 볼 때 더 흥미로워진다.

어릴 적에 나를 이루던 미세한 존재 중 많은 부분은 이미 흩어지고, 새로운 미세한 존재들이 지금의 나를 구성하고 있을 것이다. 하지만 우리는 그 연속성 속에서 '나'라는 정체성을 유지한다.

이 현상을 확장해 보자.

오래도록 함께 살아온 부부가 닮아간다는 이야기를 흔히 듣는다. 나는 이것 또한 미세한 존재의 관점에서 해석할 수 있다고 본다.

A를 이루던 미세한 존재 중 일부가 흩어져 B를 구성하게 되고, B의 미세한 존재 일부가 A로 흩어지는 과정이 반복된다면, 두 사람은 점점 서로를 닮아갈 수밖에 없을 것이다. 이러한 상호작용은 단순히 겉모습뿐 아니라, 생각이나 감정에도 영향을 미칠 수 있지 않을까?

이 현상을 그림으로 표현한다면 어떨까?

우리가 보는 것처럼 사람의 몸이 명확히 다른 물체나 공기와 구별된 것이 아니라, 그 주변에 수없이 많은 미세한 존재들이 붙었다 떨어지기를 반복하고 있을 것이다. 마치 먼지가 자욱한 공기처럼, 보이지 않는 작은 입자들이 끊임없이 움직이며 형태를 이루고 흩어진다.

이 상상을 통해 보면, 우리가 바라보는 세상은 단지 고정된

실체가 아니라 끊임없이 변화하고 상호작용을 하는 과정의 일부일 뿐이라는 것을 깨닫는다. 우리의 몸과 주변 환경, 그리고 모든 존재는 끊임없이 서로 영향을 주고받으며 변화한다. 이 미세한 존재들의 순환은 단순히 물질의 생성과 소멸을 넘어서 우리가 세상을 바라보는 방식에 근본적인 질문을 던진다.

'나는 누구인가?'라는 질문에서 시작해보자. 어릴 적의 나는 지금의 나와 얼마나 같은 존재일까? 나를 이루는 구성 요소들은 계속 바뀌고 있지만, 나는 여전히 '나'라고 느낀다. 그렇다면 이 '나'는 어디에서 오는 걸까? 이 생각은 단지 철학적 사고가 아니라, 우리가 삶을 대하는 태도를 바꿀 수 있다.

나를 포함한 모든 존재가 서로 연결되고 변화하는 흐름 속에 있다는 깨달음은 세상을 더 넓고 유기적으로 바라보게 한다. 어쩌면 이것이 우리가 끊임없이 '나'와 '세상'의 관계를 탐구해야 하는 이유일지도 모른다.

진짜 나란 무엇인가?

"나는 가면을 쓰고 살아가는 것 같아."

"진짜 내 모습은 이런 게 아닌데……."

이런 말은 현대인의 입에서 자주 나온다. 우리는 왜 이렇게 때때로 자기 자신이 아닌 것처럼 느낄까?

우리는 하루에도 여러 역할을 수행한다.

회사에서는 상사나 부하직원으로, 집에서는 부모나 자녀로, 친구 앞에서는 유쾌한 사람, 낯선 사람 앞에서는 조심스러운 사람. 이 모든 모습은 때로는 가면처럼 느껴진다.

그러나 이 '가면'은 단순히 꾸며낸 위선이 아니라 사회가 요구하는 질서와 관계를 위한 코드이기도 하다. 우리는 누군가에게 무례하지 않기 위해, 누군가를 설득하기 위해, 혹은 누군가를 보호하기 위해 '자기답지 않은 방식'을 선택한다.

그렇다면 이 모든 것이 위선일까? 진짜 나란 무엇인가? 우리는 흔히 감정의 충실함을 '진짜 나'라고 생각한다. 화가 나면 소리 지르고 싶은 그 감정, 귀찮은 일을 거절하고 싶은 그 마음. 이것이 '진짜 나'라고 믿는다.

하지만 감정은 순간이고, '진짜 나'는 감정을 느낀 후 어떤 태도를 선택하는지를 통해 더 분명해진다.

예컨대, 누군가에게 분노를 느꼈더라도 상대를 다치게 하지 않기 위해 말의 수위를 조절한다면, 그 절제 또한 '진짜 나'일 수 있다. 왜냐하면 그것은 지금의 나는 그 가면을 쓰고 살아야 한다고 생각하거나, 그럴 필요를 느끼는 '나'이기 때문이다.

가면은 '사회적 역할'을 수행하기 위한 표현 도구다.

위선은 '자기 이익'이나 '속이기'를 위한 의도적 왜곡이다. 가면은 누구나 쓴다. 문제는 그 가면이 내 내면과 얼마나 멀어져 있느냐에 달려 있다. 가면이 너무 두꺼워지면, 그 안에 있는 나조차 보이지 않게 된다. 그 순간, 가면은 가면이 아니라 감옥이 된다.

가면을 무조건 벗으려 하기보다 내가 쓰고 있는 가면이 내 삶의 가치와 얼마나 부합하는지를 점검하는 것이 중요하다. 내가 맡은 사회적 역할은 내 신념과 너무 어긋나지 않는가? 내가 내뱉는 말과 표정은 내 내면을 어느 정도 반영하는가? 나 자신에게 부끄럽지 않은 연기를 하고 있는가? 이런 질문은 우리가 가면을 쓰되, 진정성을 유지하는 방법을 알려준다.

가면은 반드시 나쁜 것이 아니다. 그것은 관계의 윤활유이고, 역할의 상징이며, 때로는 타인을 위한 배려이기도 하다. 그러나 그것이 '진짜 나'를 완전히 가리는 순간, 우리는 자기 삶에서 추방당하게 된다.

진정한 삶이란, 내가 쓰고 있는 가면이 내가 되고 싶은 사람을 향하고 있는 삶이다.

4장

흔들림 속에서도
방향을 잃지 않는 사람이 성장한다

생각을 나누면 삶은 정돈된다

우리는 감정 속에서 살아간다.

평온한 날도 있지만, 때로는 작은 말 한마디에 마음이 금세 흔들리기도 한다. 불안, 분노, 억울함 같은 감정은 한 번 올라오면 쉽게 가라앉지 않는다.

더 큰 문제는 그 감정이 한 영역에만 머물지 않고 하루 전체를 무너뜨린다는 것이다. 스트레스는 사건보다 처리 방식에서 더 크게 생긴다. 스스로 자가증식을 하는 것이 스트레스의 특성이고, 마음 안에서 감정이 정리되지 못하고 서로 뒤섞일 때 스트레스는 폭발적으로 커진다. 그래서 나는 감정과 생각을 관리하는 한 가지 방식을 사용한다.

나는 그것을 '생각의 방'이라고 부른다.

원룸에 사는 마음, 생각의 방이 없는 마음은 원룸과 비슷하다.

한 공간에 모든 것이 섞여 있다. 가족과의 갈등, 학교나 직장

에서의 스트레스, 해결되지 않은 걱정과 불안까지 모두 한 방
에 쌓인다. 일어나자마자 가족 문제를 떠올리고 학교나 회사에
서는 감정 때문에 집중하지 못한다.

인간관계 문제로 기분이 상하면 하루 종일 그 감정이 따라붙
는다. 방이 하나뿐인 마음은 쉽게 어질러진다. 어디부터 정리
해야 할지 몰라 피하고 싶어진다. 피하다 보면 더 엉킨다.

감정도 마찬가지다. 분리되지 않은 감정은 삶 전체를 삼킨다.

생각의 방은 마음 공간을 나누는 연습이다.

감정을 밀어내는 것이 아니라 제자리에 두는 것이다.

감정을 분리하는 기술이다.

누군가와 다투었을 때 그 감정은 '관계의 방'에 넣어둘 수 있다.
불안은 '미래의 방'에, 해야 할 일은 '오늘의 방'에 놓는다. 그리
고 나는 그중 지금 머물 방을 선택한다.

감정을 억누르지 않는다. 다만 섞이지 않도록 분리한다. 물론
이런 질문이 생긴다.

'문을 닫으면 옆방 소리가 정말 안 들릴까?'

감정은 끈질기다.

방을 나왔는데도 불안이 따라붙고, 후회가 귀를 잡아당길 때
가 있다. 그래서 생각의 방에는 '방음'이 필요하다.

방음은 감정 조절력이다.

방음은 감정을 무시하는 힘이 아니다. 감정과 거리를 유지하는 힘이다. 감정이 올라와도 바로 반응하지 않는 연습, 말하기 전에 한 번 숨 고르는 연습, 감정을 사실과 구분해 적어보는 연습, 이런 작은 연습이 쌓이면 방음이 생긴다.

방음이 생기면 감정은 여전히 존재하지만, 나를 지배하지 못한다. 내가 선택한 방에서 남은 하루를 살아갈 수 있다.

삶을 지키는 정리 기술, 생각의 방은 도망이 아니다.

감정을 미루는 것도 아니다. 감정을 관리 가능한 형태로 보관하는 기술이다. 지금 당장 해결할 수 없는 문제는 잠시 해당 방에 둔다.

지금 해야 할 일에 집중한다. 그리고 필요할 때 그 방을 다시 열어 경험을 정리한다. 방이 많을수록 집이 정돈되듯 생각의 방이 많은 마음은 쉽게 무너지지 않는다. 하루가 복잡해질수록 생각의 방을 나누는 연습은 더 큰 힘을 발휘한다.

감정을 다스린다는 것은 감정을 느끼지 않는 것이 아니라, 감정 속에서도 길을 잃지 않는 것이다.

우리는 마음속에 각자의 집을 짓고 산다.

그 집이 원룸일 수도 있고, 여러 개의 방이 있는 집일 수도 있다.

선택은 스스로 만든다.

감정은 언제나 찾아온다.

그러나 감정에 휩쓸릴 필요는 없다. 언제든 방을 나눌 수 있고, 언제든 문을 닫을 수 있다. 그것이 생각의 방이 주는 힘이다.

모든 방이 정돈될 필요는 없다. 그건 그냥 그 방의 문제니까

홀수 호흡법

우리가 걷기를 할 때 숨쉬기는 자동으로 이루어진다. 그러나 이 단순한 생리현상 속에도 우리 몸의 균형을 결정짓는 중요한 원리가 숨어 있다. 내가 제안하는 '홀수 호흡법'은 바로 이 보이지 않는 균형에 주목한다.

1. 호흡과 걷기 교차 — 전신 균형의 열쇠

호흡과 보행은 단순히 폐와 다리 근육만의 문제가 아니다. 두 가지는 뇌, 척수, 자율신경계, 심혈관계, 근육계 전체가 정교하게 협응하여 이루어지는 복합시스템이다.

① 좌우 교차지배: 인간의 뇌는 좌우 반구가 교차 지배한다. 걷기의 좌우 교대와 호흡의 교대가 동조될 때 뇌의 균형적 자극이 유지된다.

② 무조건반사와 근 긴장 패턴: 걷기는 척수 수준에서도 좌우 교대로 조정된다. 이 교대 패턴이 안정되면 근 긴장도가 조

화롭고 효율적으로 된다.

③ 자율신경계 안정: 일정한 리듬 속의 호흡은 부교감신경을 활성화하고 심박 변동성을 증가시켜 스트레스 조절 능력을 높인다.

④ 심혈관계와 산소 교환 최적화: 리듬의 안정은 심장박동과 산소 교환 효율에도 긍정적 영향을 미친다.

⑤ 신경계 패턴화: 지속적인 좌우 교대는 중추신경계의 가소성을 촉진하며 뇌의 항상성 유지에 이롭다.

이처럼 호흡과 보행의 교대 리듬이 우리 몸 전체의 균형 유지에 핵심적 역할을 한다.

2. 일반권장 호흡법의 숨겨진 맹점

치유 걷기, 명상 걷기, 그리고 일반 보행 교재에서도 호흡 리듬의 중요성을 강조하며 다음과 같은 패턴을 추천하는 경우가 많다:

- 들숨 4보 ⋯▶ 날숨 6보
- 들숨 5보 ⋯▶ 날숨 7보
- 들숨 2보 ⋯▶ 날숨 4보 등

이러한 권장 리듬들은 호흡의 안정과 심신의 이완을 돕는 데에는 효과적이다. 그러나 공통점이 있다. 대부분 '짝수 리듬'을 따르고 있다는 것이다. 여기서 말하는 짝수·홀수 리듬이란 '들숨과 날숨의 합'을 기준으로 한다. 예를 들어, 들숨 2보 + 날숨 2보 = 총 4보 ⋯▸ 짝수 리듬, 들숨 3보 + 날숨 4보 = 총 7보 ⋯▸ 홀수 리듬이 된다.

이 짝수 리듬의 문제는 의외로 단순하다. 들숨과 날숨이 항상 같은 발의 패턴에서 시작되므로 좌우 다리에 미세한 부하의 차이가 누적될 수 있다. 짧은 시간엔 미미하지만, 오랜 시간 반복될수록 신체 균형에 영향을 줄 수 있다.

3. 부하 치우침의 실질적 예시

이를 쉽게 이해하기 위해 공원이나 유원지에서 흔히 볼 수 있는 비정형 계단을 생각해보자. 일반 계단은 한 계단씩 올라가지만, 일부 계단은 "한 계단 ⋯▸ 평지 ⋯▸ 한 계단 ⋯▸ 평지" 형태로 되어 있다. 이 계단을 오를 때 항상 같은 발이 먼저 계단을 오르게 되고, 그 결과 한쪽 다리가 반복적으로 더 많은 힘을 사용하게 된다. 이를 매일 수 시간씩 반복하면 결국 한쪽 다리가 유독 굵어지거나 근육 피로가 비대칭적으로 발생하는 결과를 낳는다. 보행 중 호흡 패턴에서도 같은 원리가 적용된다. 들숨과 날숨의 시작점이 항상 같은 발에 고정될 때, 신체 전체의 좌우 균형에도 미세한 부하 차이가 발생하게 된다.

4. 홀수 리듬의 제안 _치우침을 해소하는 간단한 해법

이러한 좌우 치우침을 해소하기 위해 내가 제안하는 것이 바로 홀수 호흡법이다.

핵심 원리는 다음과 같다.

들숨과 날숨의 합을 홀수로 만든다.

이렇게 하면 들숨과 날숨의 시작점이 매 걸음마다 좌우 교대로 바뀌어, 신체 부하가 자연스럽게 분산된다.

〈예시〉

들숨 2보 ⋯▶ 날숨 3보 (총 5보)

들숨 3보 ⋯▶ 날숨 4보 (총 7보)

들숨 4보 ⋯▶ 날숨 5보 (총 9보)

이 간단한 원칙 하나로 신체 좌우 근육 균형뿐 아니라, 위에서 언급한 신경계, 자율신경계, 심혈관계의 균형까지 아우르는 근본적 균형 시스템이 작동하게 된다.

5. 속도에 따른 유연한 적용

실제 걷기 속도에 따라 홀수 호흡법을 유연하게 적용할 수 있다.

* 빠른 걷기: 호흡이 가빠지므로 들숨 2보 ⋯⋯▶ 날숨 2보처럼 짝수 리듬이 불가피할 때도 있다.(그럴 땐 그냥 그대로 호흡한다- 꼭 억지로 해야 하는 것은 아니다.)
* 조금 빠른 걷기: 들숨 2보 ⋯⋯▶ 날숨 3보 패턴이 가장 적용하기 쉽고 자연스럽다.
* 보통 속도 걷기: 들숨 3보 ⋯⋯▶ 날숨 4보 또는 들숨 4보 ⋯⋯▶ 날숨 5보 등으로 홀수 리듬을 확장할 수 있다.
* 느린 치유걷기: 들숨 5보 ⋯⋯▶ 날숨 6보와 같이 매우 길고 여유 있는 호흡을 사용할 수 있다.

핵심은 속도에 맞게 최대한 홀수 리듬으로 조율하며 좌우 교차를 유지하는 것이다.

6. 균형은 호흡에도 적용된다.

균형은 삶의 모든 움직임 속에 깃들어 있다. 걷기 속 숨쉬기마저 의식적으로 조율할 수 있다면, 우리는 매일의 삶 속에서 자연스럽게 균형의 훈련을 쌓아가는 것이다. 홀수 호흡법은 복잡한 이론이 아니다. 그 단순함 속에 뇌-신경-근육-심장-자율 신경 전체를 조화시키는 균형의 원리가 숨어 있다. 이것이 존 재의 균형이며, 누구나 매일 실천할 수 있는 자연치유의 기술 이다.

100세 장수의 비결

오래 사는 사람들의 하루를 보면 특별한 비밀이 있는 것 같다. 그 비밀은 놀랍게도 단순하다. 매일 비슷한 시간에 일어나고, 규칙적으로 식사하고, 알맞게 움직이고, 정해진 시간에 쉰다. 겉으로 보면 단순한 반복이지만, 그 속에 깊은 질서가 있다.

규칙적인 생활은 신체에게 '예측 가능한 하루'를 제공한다. 아침이 오면 위장이 준비하고, 햇빛을 받으면 몸이 깨어나고, 밤이 되면 자연스럽게 잠이 찾아온다. 몸속 장기와 세포들은 이 리듬에 맞춰 휴식과 활동을 조화롭게 운영한다.

반대로 불규칙한 생활은 몸을 계속 놀라게 한다. 늦은 밤에 음주, 갑작스러운 폭식, 뒤죽박죽된 수면. 이런 일은 몸이 '지금 비상이다!'라고 외치는 것과 같다. 간은 급히 해독을 준비하고, 혈관은 압력을 조절하느라 분주해지고, 뇌는 깨어 있어야 할지 쉬어야 할지, 혼란을 느낀다. 잦은 비상사태는 결국 몸의 균형을 흔든다.

물론 모든 자극이 나쁜 것은 아니다. 헬스클럽에서 운동을 할 때 근육이 자극과 미세한 손상을 통해 성장하듯, 적당한 스트레스는 정신을 단단하게 만든다. 도전과 변화는 삶의 활력이고 성장의 원동력이다.

그러나 결국 중요한 건 얼마나 자극과 스트레스가 없느냐가 아니라, 몸이 놀랄 일을 얼마나 예측할 수 있느냐이다.

그 예측 가능한 리듬 즉, 몸을 불필요하게 놀라게 하지 않는 삶이 바로 오래 사는 몸을 만들고, 마음이 오래도록 평온하게 머무는 바탕이 된다.

루틴은 지루한 반복이 아니다. 그건 몸과 마음 사이에 맺는 신뢰의 약속이다. 그 약속을 지킬수록, 우리는 더 오래, 더 균형 있게 살아간다.

노쇠(老衰)를 막는 법

사람의 수명은 흔히 양초에 비유된다. 양초는 촛불을 밝히며 서서히 타들어 간다. 그리고 그 불빛이 환하게 빛날수록 초는 조금씩 짧아지며 수명을 줄여간다.

운동은 양초 밑에 촛농을 모아주는 막은 막을 준비하는 것과 같다. 초가 타오르는 동안에는 막은 막의 유무가 크게 드러나지 않는다.

그러나 초가 다 타고 촛농이 아래로 흘러내리기 시작했을 때, 그 촛농을 모아주는 막은 막이 있다면 양초는 훨씬 오래도록 꺼지지 않을 것이다.

늙음은 막을 수 없다. 하지만 늙음을 건강하고 힘차게 유지할 수는 있다.

촛불이 꺼지지 않도록 초를 관리하듯, 우리의 삶도 운동과 건

강한 습관을 통해 오래도록 빛나게 만들 수 있다.

우리는 촛불이 환하게 빛나도록 초를 잘 다듬고, 촛농 막은 막을 준비하며 하루하루를 소중히 살아야 하지 않을까?

진짜 부자로 살기

부자란 무엇일까?

흔히 우리는 '돈이 많은 사람'을 부자로 여긴다. 그러나 진짜 부자는 돈의 부자이면서 동시에 시간의 부자여야 한다. 돈과 시간이 모두 있어야 진정한 부자라고 할 수 있다. 그것이 진정한 자유인이고, 자신의 삶을 살 수 있는 것이다.

많은 사람이 이렇게 생각한다. 지금은 열심히 돈을 벌고, 나중에 여유가 생기면 시간을 쓰면 된다.

하지만 돈을 잘 버는 사람이 돈을 더 벌 수 있듯이, 시간을 잘 쓰는 사람만이 시간을 가치 있게 사용할 줄 안다.

시간 사용은 연습이 필요하다.

시간을 제대로 써본 경험이 없다면, 아무리 많은 시간이 주어져도 허비하기 쉽다. 시간은 때우는 것이 아니다.

휴식은 진정한 휴식이어야 한다. 시간은 단순히 보내거나 채우는 대상이 아니다. 시간은 내가 주체적으로 사용해야 하는 자산이다. 마치 돈을 관리하듯 시간을 계획하고, 의미 있는 방식으로 활용할 줄 알아야 한다.

시간 사용법을 배우는 것도 노력이다.

돈을 버는 데 노력과 기술이 필요하듯, 시간을 사용하는 법도 배우고 익혀야 한다. 시간을 잘 쓰는 능력은 그냥 생기지 않는다. 시간을 낭비하지 않고, 의미 있는 방식으로 활용하려는 노력이 필요하다.

결국, 돈과 시간 모두에서 균형을 맞출 때 우리는 진정으로 부자가 된다. 돈을 버는 것만큼 시간을 다루는 법을 배우자.

시간을 채우거나 흘려보내는 것이 아니라, 내가 주체적으로 사용할 수 있는 자산으로 만들어야 한다. 돈과 시간을 균형 있게 활용할 줄 아는 사람이야말로 진짜 부자다.

진정한 부자로 살고 싶다면, 지금부터 시간을 사용하는 연습을 시작하자.

오늘도 공사 중

나는 얼마 전 집을 이사했다. 이사하고 나니 손볼 곳이 많았다. 정리하고 수리하며 이런 생각이 들었다.

집에 들어가 사는 순간부터 공사를 시작했다. 인생도 그렇다.

우리는 어느 날 갑자기 완성된 삶에 들어가는 게 아니다. 살다 보면 고칠 곳이 드러난다.

우리는 매일 기억과 감정, 관계와 습관이라는 가구를 들이고, 배치하고, 때로는 버린다. 삶이라는 집은 매일 조금씩 공사가 필요하다. 그래서 나는 인생을 집수리처럼 바라본다.

그 핵심 공정을 세 가지로 정리한다. 수리(Repair), 개선(Refine), 받아들임(Receive)이라는 결론부터 말한다.

인생은 이 세 공정의 반복이다. 오늘도 공사 중이다.

1. 수리; 망가진 곳을 먼저 살린다

삶을 어렵게 만드는지 기억하거나 상황이 어떠 했는가?

그렇다면 외면하지 않고 손을 댄다. 잠시 거리를 두고, 반복되는 패턴을 기록하고, 수면·식사·움직임 같은 기본 루틴부터 회복한다

- 응급조치: 거리를 둔다, 경계를 설정한다, 반복되는 상황을 중지한다.

- 원인 진단: 사건·역할·패턴을 구분해 기록한다. '사건은 끝났지만, 패턴은 남아 있는가?'

- 최소 침습 수리: 단번에 전면 철거보다, 작동을 회복시키는 '핵심 배관'부터 손댄다(수면·식사·운동·호흡 같은 기본 루틴).

- 준공지 표식: '지금은 더 이상 새지 않는다'를 문장으로 남긴다. 수리는 고쳐짐의 증거가 있어야 끝난다.

원칙 : 아픔을 설명하는 것과 아픔을 계속 쏟아내는 것은 다르다. 수리의 목적은 재유출 방지다.

2. 개선: 괜찮지만, 더 편해지도록 다듬는다

개선은 고장이 아니라 불편의 영역이다. 불편한 기억 자체가 아니라, 그 기억을 둘러싼 생활 동선이 비효율적일 수 있다.

- 작은 공정: 매일 15분 정리, 1줄 일기, 3분 호흡. 바닥을 고르게 하는 얇은 퍼팅 작업처럼, 작은 층을 꾸준히 올린다.

- 동선 재배치: '힘든 대화는 오전에, 결정은 피곤하지 않을 때, 감정 기록은 잠들기 전 3줄.' 동선을 바꾸면 마음의 마찰이 줄어든다.

- 가시화: 체크리스트·캘린더·타이머는 인생의 수평자다. 눈금을 놓아야 수평을 맞춘다.

원칙: 개선은 예쁨이 아니라 작동성이다. 보기 좋은 인테리어보다 덜 지치는 인테리어가 먼저다.

3. 받아들임; 허물 수 없는 벽은 인정한다

받아들임은 포기가 아니다. 건물에는 구조벽이 있다. 허물면 무너진다. 어떤 기억은 지울 수 없지만 위치와 의미는 바꿀 수 있다. 인생도 마찬가지다. 억지로 없애려 하기보다 이름을 붙이고, 기준선으로 삼아 다시 설계한다. 받아들임은 체념이 아니라 지금 가능한 선택에 집중하는 용기다

- 이름 붙이기: '이건 내력벽이다.' 대상에 이름을 붙이면 막연함이 감소한다.

- 노출 콘크리트 미학: 가리기보다 드러내어 새로운 질서를 만든다. 흉터를 기준선으로 삼아 가구를 배치하듯, 기억을 기

준으로 삶의 규칙을 설계한다.

- 체념과 구분: 받아들임은 '아무것도 못 한다'가 아니라 '지금 여기서 할 수 있는 세 가지'에 집중하는 결정이다.

테스트 질문: 이 문제에 대해 내가 오늘 당장 할 수 있는 행동이 3가지 이상 있는가?

〈예시〉

예 ⋯▶ 수리 · 개선의 영역.

아니오 ⋯▶ 받아들임의 영역.

한 줄 문장으로 생각해 보기

- 나는 완성품으로 입주하지 않았다. 나는 공사 중인 거주자다.
- 수리는 고통을 멈추는 기술, 개선은 삶을 덜 지치게 하는 기술, 받아들임은 무너지지 않게 하는 기술이다.
- 흉터를 기준선으로 삼을 때, 삶은 비로소 똑바로 선다.
- 맨날 그런 얘기다, 인생이란 것이. 오늘도 공사 중.

※ 인생 공사표

이 표는 '인생 공사표', 즉 자신의 삶을 점검·관리하기 위한 실천형 도면이다.

글에서 말한 세 공정(수리·개선·받아들임)을 현실에서 적용하도록 설계된 점검표이다. 표의 의미는, 인생을 감정적으로 해석하는 게 아니라 설계·기록·점검·유지의 프로세스로 빗대어 다루자는 제안이다. 완벽을 목표로 하지 않고, 지속적인 공사 중인 삶을 전제로 한다. 즉, 이 표는 인생을 살아 있는 건축물처럼 관리하자는 실천 도구다.

항목	내용	비고
하자 일지	• 불편했던 순간을 날짜·장소·사람·감정(0~10)로 기재한다. • 문제를 추상적으로 느끼지 않고 관찰 가능한 사건으로 만든다.	
분류	• 기록된 하자를 수리/개선/받아들임 중 어디에 속하는지 라벨링 한다. • 해결 방식의 방향을 먼저 정한다.	
견적	• 행동하기 전에 시간·돈·관계 비용을 1~5로 산정한다. • 과 투입을 막고 현실적인 공정을 설계한다.	
공정표	• 7일, 21일, 90일 목표를 설정한다. (오늘 1개 이번 주 1개, 분기 1개) • 삶의 변화는 장기 프로젝트라는 인식을 하고 적용한다.	
안전 펜스	• 하지 않을 것 1개(말하지 않기/참여하지 않기/받지 않기) 정한다. • 에너지 누수를 막는 경계 설정 도구이다.	
준공 검사	• 무엇이 어떻게 달라졌는가를 문장으로 남긴다. • 변화의 증거를 남기고, 공정을 종료한다.	
A/S 루틴	• 매주 15분 점검한다. • 고장이 아니라 마모를 먼저 잡는 유지관리이다.	

잔소리 국어사전

집에서 제일 듣기 싫은 말이 있다. '좀 일찍 자라.' '공부는 했니?' '핸드폰 좀 그만 봐라.' 이런 말이 들리는 순간, 짜증이 치밀고, 그냥 이렇게 말하고 싶다.

"엄마, 제발 잔소리 좀 하지 마."

그래, 잔소리다. 그런데 가만히 생각해보면 엄마가 하는 말은 대부분 틀린 말은 아니다. 다 맞는 말이다. 문제는 그 말을 '단어'로만 들으니까 그렇다.

사실 엄마의 말은 '소리(Wording)'로 들으면 잔소리지만, '의도(Intention)'로 들으면 전혀 다른 뜻이 된다.

우리는 보통 '소리'에 걸려 넘어지지만, '의도'까지 들을 수 있을 때 비로소 말의 진짜 온도를 느끼게 된다.

예를들어, 엄마의 잔소리, 속뜻 사전 '좀 일찍 자라.' ⋯▶ '피곤

하지 않았으면 좋겠어.'

'공부는 했니?' ⋯➛ '너가 어른이 되었을 때 잘 살았으면 좋겠어.'

'핸드폰 좀 그만 봐라.' ⋯➛ '요즘 너랑 대화가 줄어서 섭섭해.' 혹은 '나랑도 조금은 놀아줘.' '방 좀 치워라.' ⋯➛ '너 마음이 요즘 복잡해 보인다.'

'밥 먹었니?' ⋯➛ '너 괜찮은지, 안 아픈지 확인하고 싶다.'

우리는 종종 단어의 소리만 듣고, 그 안에 담긴 감정의 뜻을 놓친다. 그래서 잔소리처럼 들리는 말도 조금만 시선을 바꾸면 모두 사랑의 번역문이 된다.

한 번 이렇게 해보면 어떨까?

매번 듣는 말 중에서 유난히 듣기 싫다고 느껴지는 말을 떠올려보자. 그리고 그 말을 한 사람의 마음을 상상해 보며 나만의 '국어사전'을 한 줄씩 써 보는 것.

그 말의 속뜻을 찾아내는 순간, 세상에서 제일 싫던 말이 의외로 제일 따뜻한 말이 될지도 모른다.

사람의 유효 수명일

일반적으로 사람의 수명을 삼만 일이라고 가정해보자. 주어진 삼만이라는 숫자에서 하루씩 사용하며 지워나가는 것이 인생일 것이다. 그 하루를 어떻게 사용했느냐에 따라 인생의 결이 달라진다.

불교계의 큰스님 성철스님이 입적했을 때 다비식에 이십만 명이 모였다고 한다. 이십만 명이 자신의 하루를 성철스님 가시는 길에 사용한 것이다. 성철 자신이 살아온 날의 여섯 배가 넘는 날을 그날 모인 사람들이 지불해 줬다는 관점으로 이 이야기를 풀어보고자 한다. 모든 사람이 똑같이 주어진 삶을 살고 가는 것이 아니다. 어떤 이는 삼만 일을 살면서 남을 위해 기웃거리며 살다 간다. 어려서 자라는 동안 만 일, 남의 인생 기웃거리며 만 일, 후회하며 일만 일. 성철 같은 이는 천 년은 살은 듯하다.

이 관점으로 보면, 이순신 장군은 과연 얼마를 살고 있을까?

장군의 육신은 반세기 남짓을 살다 갔지만, 그의 이름과 정신은 지금도 사람들의 마음에서 해마다 다시 깨어난다. 누군가는 그의 글에서 용기를 얻고, 누군가는 그의 선택에서 길을 배우며, 누군가는 그의 존재만으로 마음을 다잡는다. 그렇다면 장군은 신체적으로는 수십 년을 살았을지 몰라도, 사람들의 마음 속에는 이미 수천만 일 이상을 살아가고 있는지도 모른다. 이렇게 바라보면 인생은 단순히 나에게 주어진 시간의 흐름이 아니다. 내가 누군가의 마음 속에서 살아가고 있는 시간, 그 마음 속에서 내가 다시 호흡하고 움직이는 시간이 인생의 진짜 총량인지도 모른다.

결국 우리는 이 질문 앞에 선다.

"나는 내 하루를 어떻게 쓰고 있는가?"

지켜야 할 하나의 결, 가족과 자녀의 마음 속에 녹아드는 삶.

우리가 남기는 '마음의 시간'은 가장 가까운 사람들에게 가장 깊게 전해진다. 자녀의 마음에는 부모의 하루하루가 결처럼 새겨지고, 가족의 삶에는 나의 말투, 표정, 선택들이 고스란히 스며든다.

내가 어떻게 웃고, 무엇을 가르치며, 어떤 방식으로 세상을 견뎌냈는지가 그들의 마음 속에 또 하나의 '나'를 만들어낸다. 부모는 자녀의 마음 속에서 다시 살아가고, 가족의 기억 속에서 또 다른 생을 이어간다. 이렇게 보면, 삶이란 우리가 사랑하는 이들의 마음 속에서 다시 한 생을 살게 되는 조용한 기적이다.

또 다른 결, 세상에 유효하고 유익한 흔적을 남기는 삶.

한편 인생을 이렇게 해석할 수도 있다. 삼만 일의 인생은 "나의 하루가 세상에 어떤 영향을 미치는가?"라는 근본적인 질문으로 이어진다.

내가 쓰는 하루가 누군가의 방향을 바꿔주고, 낯설고 지친 사람에게 작은 위로가 되고, 어떤 진리를 찾는 사람에게 길잡이가 된다면 그 하루는 육체적 수명을 넘어서 더 긴 시간을 만들어낸다. 그래서 인생은 우리에게 묻는다.

"나는 세상에 어떤 유효한 하루를 남기고 있는가?"

"내 삶은 누군가에게 실제로 도움이 되는 방향으로 흐르고 있는가?"

삶의 길이는 정해져 있지만, 삶의 유효성은 우리가 선택하는 방식에 따라 얼마든지 확장될 수 있다. 삼만 일 안에서 삼만 일만 사는 사람도 있고, 삼만 일을 살아 천만 일의 흔적을 남기는 사람도 있다.

우리는 모두 매일 하루씩을 삶이라는 저금통에서 꺼내 쓰고 있다. 그 하루가 누군가의 마음에 녹아들어 또 다른 생이 되고, 또는 세상에 작지만 선한 파문을 남기는 하루가 된다면, 그 삶은 이미 삼만 일을 넘어선 것이다.

　그리고 그 차이는 오직 하루를 어떤 마음으로 살아내느냐에 달려 있다.

상황별 유연함으로 삶의 지향점을 만든다

삶의 지혜는 어디에 있을까? 인생은 한 번뿐이다. 이 진리는 단순하지만 무겁다. 우리는 언젠가 반드시 죽는다는 사실을 알고 있다. 그래서 어떤 이는 '어차피 한번 사는 거, 또는 어차피 죽을 거, 마음대로 살아보자'라며 막살기로 결심한다. 또, 어떤 이는 '지금, 이 순간은 노력하며 미래를 준비해야 한다'라며 신중하게 도전한다.

하지만, 이 두 가지 태도 중 어느 하나만으로 온전히 살 수 있을까? 막 사는 것도, 끊임없이 도전하는 것도 결국 한계를 드러낸다. 그렇다면 그 균형점은 어디에 있을까?

막 사는 삶에는 매력이 있다. 자유롭고, 책임에서 벗어난 듯한 해방감을 준다. 당장의 즐거움을 추구하며, 계획이나 제약 없이 살아가는 것은 유혹적이다. 그러나 이 길 끝에 남는 것은 무엇일까? 막 사는 삶은 흔히 후회와 공허함을 남긴다. 순간의 즐거움은 강렬하지만, 지나간 뒤에는 그만큼의 공백이 남는다. 인생이 가벼워질수록 책임감과 성취감도 함께 사라진다.

반대로 도전하는 삶은 우리의 성취감을 채워준다.

목표를 설정하고 이를 이루기 위해 노력하는 과정은 삶에 의미를 더해준다. 하지만 도전에 몰두하면 삶이 무거워진다. 끝 없는 경쟁과 완벽을 향한 집착은 번아웃을 불러온다. 심지어 도전에 성공해도 '그 다음은 무엇인가?'라는 공허함이 찾아온다. 도전만을 위해 살다 보면 삶의 작은 즐거움조차 놓치기 쉽다.

막 사는 삶과 도전하는 삶 사이의 균형은 단순히 중간 지점을 찾는 것이 아니다. 삶을 유연하게 바라보는 시각을 갖는데 있다. 우리는 때로 막 살아도 되고, 때로 도전해도 된다. 중요한 것은 자신이 왜 그렇게 하는지에 대한 자각이다. 막 사는 순간에도, 도전하는 순간에도 자신의 선택을 인지하고 그 선택이 주는 책임과 결과를 받아들일 준비가 되어 있는가?

삶은 결국 선택의 연속이다. 오늘 하루는 막살았지만, 내일은 새로운 도전을 위해 준비할 수 있다. 또는 치열한 도전 끝에 잠시 멈추고 나만의 시간을 보낼 수도 있다. 핵심은 이러한 선택이 내 삶에 의미를 더하는 방향으로 이루어져야 한다는 것이다. 막 사는 것도, 도전하는 것도 결국 삶의 한 단면일 뿐이다.

중요한 것은 두 가지를 적절히 조율하며 삶 전체를 하나의 이야기로 완성하는 것이다. 아끼고 아끼다 똥 되지 않으려면, 그리고 무턱대고 제멋대로 살지 않으려면, 자신에게 질문해 보자.

"지금, 이 선택이 나를 더 행복하게, 더 의미 있게 해줄까?"

자신을 들여다보자.
그것이 명상이고, 그것이 균형이리라.

나는 오늘도 숨을 쉰다 1

나는 '지연된 정의는 정의가 아니다'라는 말에 전적으로 동의한다. 피해자는 시간을 적으로 두지 않도록 즉각 보호받아야 하고, 책임은 가능한 한 빠르고 분명하게 물어야 한다. 동시에, 빠름만으로 정의가 완성되지는 않는다.

빠른 오판은 또 다른 지연과 또 다른 피해를 낳는다. 여기서 내가 말하는 시점 적 관점은 속도를 늦추는 핑계가 아니라, 오판으로 인한 재지연을 막는 조향 장치다.

요약하면 이렇다.

"빠르게, 그러나 맞게."

어릴 적 나는 아버지의 부탁으로 담배나 술을 사러 간 적이 있다. 오늘의 관점에서 보면 청소년 보호 규범에 어긋난다. 이 사례를 꺼내는 이유는 면죄가 아니다. 비례적 책임과 교정의 설계를 말하기 위함이다. 당대의 법·인식·관행과 권력 구조를 보면 오늘의 권리 기준으로 피해 최소화·재발 방지·교육적 교정을 함께 설계해야 한다는 뜻이다.

핵심은 두 갈래 상황의 구분과 그에 맞는 신속한 처방이다.

1. 피해가 현재까지 이어지는 경우

- 즉시 보호: 안전 확보, 접근 차단, 치료·심리 지원을 바로 시행한다.
- 증거 보존: 절차적 정의를 위해 필요한 기록·자료를 신속히 확보한다.
- 책임과 회복: 법적·사회적 책임을 빠르게 묻고, 사과·배상·재발 방지 조치를 동시 추진한다.

→ 이 경우 시점 적 관점은 속도를 늦추지 않는다. 신속성이 1순위다. 다만 당시와 현재의 규범 차이를 살펴 책임의 비례성과 실효적 회복을 정교화한다.

2. 시간이 지난 뒤 '기억의 소환'이 중심인 경우

- 신속하되 절차 보장: 조사 초기부터 보호적 비공개 절차, 반론 기회, 사실 검증을 병행한다.
- 군중 재판 금지: 확증편향을 부추기는 낙인과 매도를 경계한다.
- 맥락·증거의 정합성: 당시 규범·권력 비대칭·지연 보

고의 특성(트라우마 등)을 함께 본다.

→ 이 경우도 지연이 곧 부정의라는 원칙은 유지한다. 다만 속도의 질(정확성)을 확보해 뒤집히는 판결·오판으로 인한 2차 지연을 예방한다.

나는 사회가 때로 한쪽으로 급격히 기운다고 느낀다. 피해의 목소리를 보호하려는 선의가 절차와 검증을 밀어낼 때가 있다. 그러나 정의는 속도만으로 완성되지 않는다. 정의는 속도(신속성)×정합성(증거와 맥락)×비례성(책임 정도)의 곱으로 완성된다. 하나라도 0이면 결과는 0이 된다.

여기에 다음의 다섯 개의 원칙을 제안한다.

① 신속성 원칙: 초기 보호·중지·증거 보존은 즉각 시행한다.

② 시점 정합 원칙: '그때의 법·규범·지식·권력관계'와 '지금의 권리 기준'을 함께 본다.

③ 절차 공정 원칙: 사실 검증, 반론 기회, 비밀 보호를 보장한다.

④ 비례성 원칙: 고의·과실, 피해의 지속성, 권력 비대칭을 반영해 책임의 강도를 정한다.

⑤ 회복 지향 원칙: 응보만이 아니라 피해 회복·사회적 안전·재발 방지를 중심에 둔다.

그리고 하나의 습관을 권한다.

"미래의 눈으로 오늘을 예행 연습하기."

오늘의 분노가 내일의 오판이 되지 않도록, 지금 내 결정이 10년 뒤에도 설 수 있는지 스스로 묻는다. 이것은 지연을 합리화하는 장치가 아니다. 오히려 빠른 결정을 더 오래 버티게 만드는 품질 점검이다. 정의의 속도를 늦추지 않으면서, 정의의 내구성을 높이는 방법이며, 내가 늘 주장하는 균형이기도 하다.

지연 금지는 정의의 가속 페달이고, 시점 적 관점은 정의의 핸들이다. 둘 중 하나만으로는 안전하게 목적지에 도달할 수 없다. 우리는 과거를 바로잡되, 현재의 잣대를 과거에 함부로 덧씌우지 않는다. 그리고 오늘의 결정을 미래의 눈으로 점검한다. 그렇게 더 빠르고 더 정확한 정의에 다가간다.

나는 오늘도 숨을 쉰다 2

나는 숨을 쉰다. 그런데 누군가는 그게 불편하다. 내가 하는 말, 내가 걷는 방식, 내가 존재한다는 사실만으로도 누군가는 나를 불편해한다. 억울하다. 난 아무 짓도 안 했는데…. 가만히 생각해 보니, 나도 다를 바 없었다. 길에서 마주친 낯선 사람의 표정이 신경 쓰인 적이 있다. 누군가가 내 앞에서 너무 천천히 걸으면 짜증이 났다.

'천천히 걸을 거면 한쪽에서 걷지 왜 가운데로 걸으며 불편을 주지?'라며 짜증을 내기도 했다. 누군가 별 뜻 없이 내뱉은 말 한마디가 나를 불쾌하게 한 적도 있었다.

아니, 많다.

그렇게 따지면, 나 역시 누군가에게 불편한 존재였다.

세상은 그런 곳이다.

나는 누군가를 불편하게 하고, 누군가도 나를 불편하게 한다. 사람이 혼자 살 수 없으니, 우리는 서로에게 영향을 주고받을 수밖에 없다. 때로는 그게 불편함으로 다가오지만, 때로는 기쁨과 감사로 다가오기도 한다. 내가 예상치 못한 순간에 누군가의 도움을 받기도 하고, 나의 말 한마디가 누군가에게 위로가 되기도 한다.

그렇게 우리는 서로에게 불편한 존재인 동시에, 서로에게 필요한 존재이기도 하다. 조그마한 벌레조차 이 세상에서 저마다의 역할이 있듯이, 우리도 각자의 자리에서 존재할 이유가 있을 것이다. 그러니 이 불편함을 감수하며 살아야 하는가 보다.

불편함도, 기쁨도, 억울함도, 감사함도, 모두 삶의 일부니까.

나는 오늘도 숨을 쉰다.

이것을 누군가는 불편해할 수 있다. 또 누군가에겐 힘이 될 수도 있다. 그러나 그런 것을 의식하기에 앞서 그저 사람이기에, 사람으로서 살아간다.

그냥 사람으로서….

보푸라기

가끔은 세상으로부터 왕따 당한 듯한 기분이 든다.

대화에서도 나만 동떨어져 있고, 관계의 중심에서 밀려나 있는 듯한 외로움이 밀려온다. 그럴 때면 본능적으로 무언가를 붙잡게 된다. 관계든, 일상이든, 익숙한 습관이든 간에 그 어떤 것이든 나를 세상에 연결해줄 것 같아서다.

하지만 시간이 지나고 나면 깨닫게 된다. 그렇게 붙잡고 있던 것은 진짜 '끈'이 아니라, 그저 보푸라기였다는 사실을.

보푸라기는 옷감에서 떨어져 나온 자잘한 조각이다.

겉보기에 천의 일부처럼 보이지만, 사실은 이미 떨어져 나온 흔적에 불과하다. 그걸 쥐고 있으면 잠시 안정감이 들지만, 그건 세상과 연결된 감각이 아니라 혼자 버티려는 마음이 만들어낸 착각일 것이다.

세상과의 관계가 어긋날 때마다 나는 이유를 밖에서 찾았다. 누군가의 말투, 상황의 문제, 세상의 냉정함. 하지만 돌이켜보면, 그 모든 상황의 공통점은 그 자리에 늘 내가 있었다. 나를 보호하려고 움켜쥔 마음이 결국 나를 세상으로부터 더 멀어지게 만든 것이다.

진짜 연결은 움켜쥐는 데서 오지 않는다.

함께하려는 마음, 나를 넘어 타인을 이해하고 품으려는 마음에서 시작된다. 나만 안전하려는 마음은 나를 고립시키지만, '함께'하려는 마음은 나를 다시 세상 속으로 이끈다.

그래서 이제는 스스로에게 이렇게 물어보고 싶다.

- 세상과 함께 하고 싶으냐?
  그렇다면 누군가를, 세상을, 그리고 나 자신을 한 번 더 꼭 안아보려는 마음이 있어야 한다.
- 그런 마음을 얼만큼 갖어야 할까?
- 내 보푸라기를 그렇게도 꼭 쥐려 했던 그 간절함 만큼 !

우리의 인연도 길어졌으면

어제는 조금 멀리 가서 점심을 먹고 왔다.

파주 임진강 변에 있는 매운탕 집이었다. 일산에서 가는데 50km 정도의 거리였다. 왕복 거의 100km의 먼 거리였다. 먼 거리를 감수할 만큼 특별한 맛을 느끼고 즐거운 마음으로 돌아오면서 이런 생각이 들었다.

조선시대에 이 정도 거리면 삼 일에 다녀오려고 해도 어려울 것이다. 아마도 일주일에 가까운 시간이 소요되었을 것이다. 그런 거리를 한 끼 식사를 하기 위해 다닐 수 있는 현대 세상에 살고 있는 나는 참 복이 많다.

그리고, 그 시대의 통신과 교통을 살핀다면 사람을 한 번 만난다는 게 지금처럼 쉽진 않았을 것이다. 요즘 핸드폰에는 전화번호를 몇천 개씩 등록할 수 있다. 주변 사람들과 대화해 보면 자신의 핸드폰에 대부분 수백 개의 전화번호를 저장하고 있다고 한다, 많은 사람은 천여 개가 넘는 전화번호를 저장하고 있는 사람도 있다.

전화번호를 저장한다는 것은 일회성 만남이 아니라 수시로 연락할 필요가 있는 사람이라는 거다. 조선시대에는 평균수명이 40대였다고 하는데, 이러저러함을 살펴서 생각해 보면, 그 시대에 핸드폰이 있었어도 대부분 일, 이백 개의 전화번호 이상을 저장하는 경우는 드물었을 것 같다.

그러고 보면 현대 세상을 살고 있는 우리는 무척 마당발인 거다. 그리고 예전 시대의 사람들보다 2배 3배 이상의 인생을(양적으로) 살고 있다. 그런데 쉽게 만날 수 있어서 그런지 정성과 마음의 깊이는 예전 사람들보다 약한 것 같다.

우리 마당발 인생에 깊이를 조금이라도 더해 가고 싶은 생각을, 배부르니까 여유 있게 해봤다.

자존감의 착시

사람들은 자존감을 '하나의 단단한 성질'로 말한다.

"나는 자존감이 높아."

"저 사람은 자존감이 낮아."

하지만 실제로 자존감은 그렇게 단단하지 않다.

자존감이 높으면 모든 일에 초연하게 대처할 수 있는 것처럼 애기들 한다. 그러나 그렇게 자존감이 높은 사람은 거의 존재하지 않는다. 자존감은 상황에 따라, 관계에 따라, 마치 부위별로 작동하는 감각처럼 움직인다.

회사에서는 자신감이 넘친다. 발표도 잘하고, 누구 앞에서도 주눅 들지 않는다. 그런데 집에 돌아오면 이상하게 작아진다. 배우자나 자녀 앞에서는 말수가 줄고, 나의 의견보다 그들의 기분을 먼저 살핀다.

이건 자존감이 '없다'기보다, 자존감의 부위가 다르게 발달했기 때문이다. 회사에서의 자존감은 '성과'라는 근육으로 만들어지고, 가정에서의 자존감은 '관계'라는 근육으로 만들어진다. 사회에서는 '인정', 혼자 있을 때는 '자기 수용'이 그 근육을 키운다.

문제는, 우리는 대부분 한쪽 근육만 과도하게 단련한다는 것이다. 일에서만 자신감이 넘치고, 관계에선 쉽게 무너진다. 반대로, 인간관계에는 유연하지만, 경쟁에서는 두려움이 앞선다. 결국 자존감이란 것도 균형의 문제다.

자존감 '척'의 정체

많은 사람이 진짜 자존감 대신 '척'으로 살아간다.

"괜찮은 척"

"당당한 척"

"나는 상처 안 받는 척."

이 '척'은 언제나 비교 속에서만 존재한다. 누군가보다 낫다고 느낄 때만 살아 있고, 그 비교가 사라지면 금세 힘을 잃는다.

진짜 자존감은 남이 아닌 자기 안에서 자라는 것이다. 누가 나를 알아주든, 외면하든, '그래도 나는 나야.' 이 말이 입에서 나올 수 있을 때, 비로소 자존감은 외부 환경과 독립한다.

자존감은 결코 완벽한 안정이 아니다.

그건 늘 흔들린다. 칭찬받으면 올라가고, 무시당하면 내려간다. 하지만 그 흔들림을 알아차릴 때, 우리는 오히려 중심에 가까워진다.

균형이란 흔들리지 않는 상태가 아니라, 흔들림을 자각하며 다시 돌아오는 과정이다. 자존감도 같다. 낮아질 때마다, 높아질 때마다 그 변화를 감지하고 '다시 나로 돌아오는 힘.' 그게 진짜 자존감이다.

자존감이란 근육은 부위별로 다르게 자라고 상황에 따라 흔들리지만, 그 흔들림을 자각할 때 비로소 균형을 배운다.

'척'이 아닌 '진짜 나'로 서는 것, 그것이 자존감의 완성이다.

균형의 세계

세상은 끊임없이 둘로 나뉜다. 정치에는 여당과 야당, 경제에는 상승과 하락, 사람 사이에는 선과 악, 남과 여, 어른과 아이가 있다.

우리는 그 대칭 구조 안에서 살아간다.

이쪽이 오르면 저쪽은 내려가고, 누군가가 이기면 다른 누군가는 진다. 그래서 세상은 마치 저울 같고, 그 저울은 늘 '한쪽이 기울어 있다'라는 불안을 품고 있다.

하지만 나는 묻는다.

정말 세상은 둘로 나뉘어야만 설명되는가?

콩쥐와 팥쥐 중 누가 진짜 착한 사람이고, 누가 나쁜 사람인지 단정할 수 있을까? 미국이 옳고, 중국이 그르다고 말할 수 있을까? 밝음이 있어야 어둠이 생기는 것이 아니라, 밝음 속에도 이미 그림자가 스며 있다.

균형이란, 둘 중 하나를 고르는 일이 아니다.

그 둘이 서로를 만들어주는 관계임을 알아차리는 일이다. 높음이 있기에 깊음이 있고, 넓음이 있기에 좁음이 드러난다. 무거움이 있어야 가벼움의 의미가 생긴다.

세상은 늘 쌍으로 존재하지만, 그 쌍의 목적은 싸움이 아니라 상호 존재의 증명이다.

나는 이제 세상을 바라볼 때 한쪽의 정의나 진실보다는, 그 사이의 긴장선을 본다. 그 긴장선을 현미경으로 보면 생명의 심장박동처럼 움직일 것이다. 그 긴장선 위에서 세상은 살아 있고, 그 미세한 떨림이 바로 균형의 생명력이다.

"세상은 둘로 나뉘어 움직이는 것으로 보이지만, 그 둘을 이어주는 것은 언제나 보이지 않는 한 줄의 균형이다."

흔적

등산길에서 배운 삶의 발자국.

등산하다 보면 사람이 없는 등반로를 만날 때가 있다. 길을 잃을까? 두려워 주위를 살피다 보면 누군가 먼저 지나간 발자국이 보인다. 그 발자국을 따라가며 느끼는 안도감과 감사함은 이루 말할 수 없다.

'아, 누군가 이 길을 먼저 걸었구나. 덕분에 나도 길을 찾을 수 있구나.'라는 마음이 든다.

그리고 문득 생각한다. 내가 가는 길이 다음 사람들에게도 도움이 되길 바란다면, 일부러라도 발자국이 남은 그곳을 밟아야 하지 않을까? 나의 발자국이 길을 잃을까? 불안해할 누군가에게 작은 희망과 지침이 된다면 얼마나 좋을까?

삶의 발자국을 남기며 우리의 삶도 마찬가지다.

누군가가 남긴 발자국 덕분에 우리는 길을 찾고 앞으로 나아간다. 그리고 그 발자국은 우리에게 단순한 흔적이 아니라, 길을 이어주는 다리가 된다.

그렇다면, 나 또한 내 삶에서 발자국을 남겨야 하지 않을까? 다음에 오는 사람들에게 길잡이가 되는 발자국을.

삶은 홀로 걸어가는 길이 아니다. 내가 남긴 작은 흔적이 누군가에게 위로와 도움이 될 수 있다면, 그 발자국은 그 자체로 충분히 의미 있는 삶의 흔적이 될 것이다.

나의 발자국이 다음 사람들에게 희망과 길이 되길 바라며, 오늘도 나는 삶의 길을 걸어간다.

기다림은 온전히 집중할수록 기쁨이 커진다

지하철에 올랐다.

출발과 동시에, 나는 놀라운 광경을 마주했다. 앉아 있는 승객 모두가 고개를 숙인 채 핸드폰 화면을 들여다보고 있었다. 한 명도 예외 없이.

그 순간, 나는 마치 무언가 강제된 의식이라도 목격한 듯 섬뜩한 감정을 느꼈다. 누구도 명령하지 않았지만, 모두가 같은 행동을 하고 있었다.

그 풍경 속에서 오직 몇 사람은 고요한 섬처럼 존재감을 드러냈다. 노약자석에 앉은 노인들이었다. 그들은 아무것도 하지 않은 채 그저 앉아 있었다. 특별히 뭔가를 하는 모습이 아니었지만, 나는 그들 안에서 묵직한 태도를 느꼈다.

그들은 기다리고 있었다.

지하철이 도착하길, 온전히 기다리는 방식으로. 같은 공간, 같은 시간 안에서 누구는 기다림을 잊기 위해 무언가를 하고, 누구는 그 기다림을 있는 그대로 견딘다. 기다리는 동안 무엇을 한다는 건 효율적이고 건설적인 태도처럼 보일 수 있다. 하지만 그 이면엔 기다림을 견디기 어려워 다른 것으로 감각을 덮어버리는 조급함이 숨어 있을 수도 있다.

그리고 이런 생각도 든다.

기다림에 온전히 집중할수록, 기다리는 대상에 대한 감정은 깊어진다는 것. 자녀를 기다리는 부모가 창밖을 바라보며 그 도착을 손꼽아 헤아릴 때, 그 만남은 더 크고 벅찬 기쁨이 된다.

나는 그날, 고요히 앉아 있는 몇몇 노인들의 모습 속에서 잊고 있던 어떤 감정 하나를 마주했다. 기다림을 받아들이는 능력, 방식. 그 안에 깃든 감정의 깊이와, 조용한 인간다움 같은 것들을.

ⓒ Image by freepik

돌아오려는 힘은 이미 우리 안에 있다

한때 나는 균형을 '유지하는 기술'이라 생각했다. 하지만 시간이 지나며 깨달았다. 균형을 잡는 기술이 아니라, 되살아나는 감각이라는 것을.

사람은 누구나 흔들린다.

불안할 때도 있고, 방향을 잃을 때도 있다. 그건 잘못이 아니라 살아 있다는 증거다. 사람을 무너뜨리는 건 흔들림이 아니라, 흔들리고 있다는 사실을 모를 때다.

살다 보면 마음이 기울 때가 있다. 일이 막히고, 관계가 얽히고, 이유 없이 공허할 때. 그럴 때 억지로 중심을 잡으려 애쓰기보다 '지금 나는 어디로 기울고 있는가?' 하고 자신에게 물어보라.

그 질문 하나로 이미 절반은 돌아온 것이다. 사람 안에는 본래 복원력이 있다. 나무가 바람에 휘었다가 스스로 제 형태로 돌아오듯, 사람도 자신이 벗어났음을 인식하는 순간 자연스럽게 제 방향을 찾는다.

그게 살아 있는 존재의 방식이다. 삶은 원래 흔들리도록 만들어져 있다. 벗어남은 실패가 아니라 인간다움의 증거다. 우리는 완벽히 서 있으려 하기보다, 벗어났음을 알아차릴 수 있으면 된다.

그 알아차림이 일어나는 순간, 돌아오려는 힘은 이미 우리 안에서 깨어난다. 그러니 완벽히 서 있으려 하지 말라. 벗어남을 두려워하지도 말라. 흔들림은 삶의 일부이고, 그 속에서 자신을 알아차릴 때 우리는 비로소 균형에 가까워진다.

2025년 12월 15일
안광민 드림

괜찮아, 그게 과정이야

초판 1판 1쇄 발행 | 2025년 12월 31일

지은이 | 안광민
펴낸이 | 김경배
펴낸곳 | 시간여행
디자인 | 디자인[연:우]
등 록 | 제313-210-125호 (2010년 4월 28일)
주 소 | 경기도 고양시 덕양구 지도로 84, 5층 506호(토당동, 영빌딩)
전 화 | 070-4350-2269
이메일 | jisubala@hanmail.net

종 이 | 화인페이퍼
인 쇄 | 한영문화사

ISBN 979-11-90301-40-4 (03810)